続・魔法科高校の劣等生

メイジアンカンパニー

The irregular at magic high school

Magian Company

佐島勤

Tsutomu Sato

illustration／石田

Kana Ishida

illustrator assistant／

design／BEE-PEE

4

KEYWORDS

対人感知魔法[テンタクルス]

設置した想子情報体の『陣』を敷くことで、触れた人間の想子体外皮の情報を術者が感知できる無系統魔法。侵入者を感知し、その想子パターンまで識別する便利で高度な魔法で、慣れている術者によっては睡眠状態でも使用が可能。

スターズのソフィア・スピカが得意とするが、彼女自身は[テンタクルス]という名称を嫌って『アラーム』と言い換えている。

導師(グル)の石板

魔女たちの間で、手にした者に強力な秘術を授けると伝えられている石板。その使い方や、どんな秘術が記されているのかは不明。

[バベル]

FAIRがシャスタ山で発掘した導師の石板に記されていた精神干渉系魔法。正式魔法名称は[バベルの塔の神罰]。

効果は言語能力の撹乱。それまで普通に会話できていた人間がいきなり言葉の意味を理解できなくなってしまうという現象を引き起こす。また、通常の魔法と違って持続的に作用する。

さらに、魔法式が対象の無意識領域に干渉することで自らの複製を作り出し、近くにいる他者に伝染することが[バベル]の最大の特徴と言える。伝染回数の上限は元々の[バベル]を発動した魔法師の魔法力に左右されるため、術者によっては戦略級魔法並みに凶悪な魔法になりうる。

世界最強となった兄と
兄へ絶対的な信頼を寄せる妹。
彼らが理想とする社会実現のための一歩を踏み出した時、
混乱と変革の日々の幕が開いた——。

続・魔法科高校の劣等生
メイジアン・カンパニー
The irregular at magic high school
Magian Company

4

佐島 勤
Tsutomu Sato
illustration
石田可奈
Kana Ishida

司波達也
しば・たつや

魔法大学三年。
数々の戦略級魔法師を倒し、その実力を示した『最強の魔法師』。深雪の婚約者。
メイジアン・ソサエティの副代表を務め、メイジアン・カンパニーを立ち上げた。

司波深雪
しば・みゆき

魔法大学三年。
四葉家の次期当主。達也の婚約者。
冷却魔法を得意とする。
メイジアン・カンパニーの理事長を務める。

アンジェリーナ・クドウ・シールズ

魔法大学三年。
元USNA軍スターズ総隊長アンジー・シリウス。
日本に帰化し、深雪の護衛として、達也、深雪とともに生活している。

九島光宣
くどう・みのる

達也との決戦後、水波とともに眠りについた。
現在は水波とともに衛星軌道上から達也の手伝いをしている。

桜井水波
さくらい・みなみ

光宣の恋人。
光宣とともに眠りにつき、現在は光宣と生活をともにしている。

藤林響子
ふじばやし・きょうこ

国防軍を退役し、四葉家で研究に従事。
2100年メイジアン・カンパニーへと入社する。

遠上遼介
とおかみ・りょうすけ

USNAの政治結社『FEHR』に所属している日本人の青年。
バンクーバーへ留学中に、
『FEHR』の活動に傾倒し、大学を中退。
数字落ちである『十神』の魔法を使う。

レナ・フェール

USNAの政治結社『FEHR』の首領。
『聖女』の異名を持ち、カリスマ的存在となっている。
実年齢は三十歳だが、
十六歳前後にしか見えない。

アーシャ・チャンドラセカール

戦略級魔法『アグニ・ダウンバースト』の開発者。
達也とともにメイジアン・ソサエティを設立し、
代表を務める。

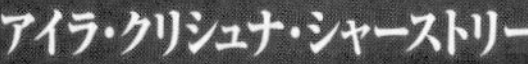

アイラ・クリシュナ・シャーストリー

チャンドラセカールの護衛で
『アグニ・ダウンバースト』を会得した
非公認の戦略級魔法師。

一条将輝
いちじょう・まさき

魔法大学三年。
十師族・一条家の次期当主。

十文字克人
じゅうもんじ・かつと

十師族・十文字家の当主。
実家の土木会社の役員に就任。
達也曰く『巌のような人物』。

七草真由美
さえぐさ・まゆみ

十師族・七草家の長女。
魔法大学を卒業後、七草家関連企業に入社したが、
メイジアン・カンパニーに転職することとなった。

西城レオンハルト
さいじょう・れおんはると
第一高校卒業後、克災救難大学校、通称レスキュー大に進学。達也の友人。硬化魔法が得意な明るい性格の持ち主。

千葉エリカ
ちば・えりか
魔法大学三年。達也の友人。チャーミングなトラブルメイカー。

吉田幹比古
よしだ・みきひこ
魔法大学三年。古式魔法の名家。エリカとは幼少期からの顔見知り。

柴田美月
しばた・みづき
第一高校卒業後、デザイン学校に進学。達也の友人。霊子放射光過敏症。少し天然が入った真面目な少女。

光井ほのか
みつい・ほのか
魔法大学三年。光波振動系魔法が得意。達也に想いを寄せている。思い込むとやや直情的。

北山雫
きたやま・しずく
魔法大学三年。ほのかとは幼馴染。振動・加速系魔法が得意。感情の起伏をあまり表に出さない。

四葉真夜
よつば・まや
達也と深雪の叔母。
四葉家の現当主。

葉山
はやま
真夜に仕える老齢の執事。

黒羽亜夜子
くろば・あやこ
魔法大学二年。文弥の双子の姉。
四高を卒業時に、四葉家との関係は公表されている。

黒羽文弥
くろば・ふみや
魔法大学二年。亜夜子の双子の弟。
四高を卒業時に、四葉家との関係は公表されている。
一見中性的な女性にしか見えない美青年。

花菱兵庫
はなびし・ひょうご
四葉家に仕える青年執事。
序列第二位執事・花菱の息子。

七草香澄
さえぐさ・かすみ
魔法大学二年。
七草真由美の妹。泉美の双子の姉。
元気で快活な性格。

七草泉美
さえぐさ・いずみ
魔法大学二年。
七草真由美の妹。香澄の双子の妹。
大人しく穏やかな性格。

ロッキー・ディーン

FAIRの首領。見た目はイタリア系の優男だが、
好戦的で残虐な一面を持つ。
魔法師が支配する社会の実現のために
レリックを狙っている。

ローラ・シモン

ソーサラーやウィッチに分類される能力を持つ
北アフリカ系の美女。
ロッキー・ディーンの側近兼愛人。

呉内杏

くれない・あんず

進人類戦線の現リーダー。
特殊な異能の持ち主。

深見快宥

ふかみ・やすひろ

進人類戦線のサブリーダー。

Glossary
用語解説

魔法科高校
国立魔法大学付属高校の通称。全国に九校設置されている。
この内、第一から第三までが一学年定員二百名で
一科・二科制度を採っている。

ブルーム、ウィード
第一高校における一科生、二科生の格差を表す隠語。
一科生の制服の左胸には八枚花弁のエンブレムが
刺繍されているが、二科生の制服にはこれが無い。

一科生のエンブレム

CAD〔シー・エー・ディー〕
魔法発動を簡略化させるデバイス。
内部には魔法のプログラムが記録されている。
特化型、汎用型などタイプ・形状は様々。

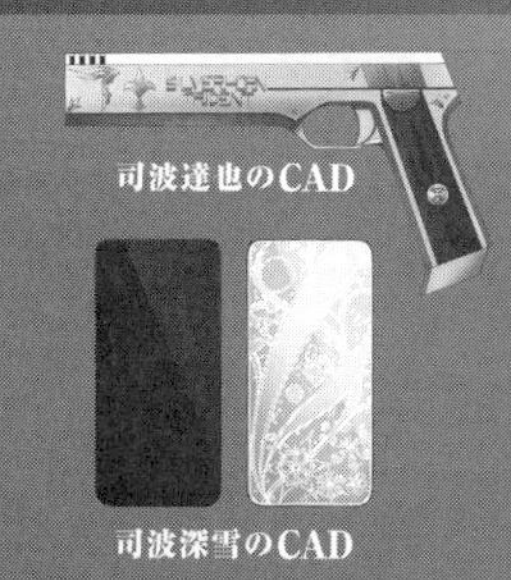

司波達也のCAD

司波深雪のCAD

フォア・リーブス・テクノロジー〔FLT〕
国内CADメーカーの一つ。
元々完成品よりも魔法工学部品で有名だったが、
シルバー・モデルの開発により
一躍CADメーカーとしての知名度が増した。

トーラス・シルバー
僅か一年の間に特化型CADのソフトウェアを
十年は進歩させたと称えられる天才技術者。

エイドス〔個別情報体〕
元々はギリシア哲学用語。現代魔法学において
エイドスとは、事象に付随する情報体のことで、
「世界」にその「事象」が存在することの記録で、
「事象」が「世界」に記す足跡とも言える。
現代魔法学における「魔法」の定義は、エイドスを改変することによって、
その本体である「事象」を改変する技術とされている。

イデア〔情報体次元〕
元々はギリシア哲学用語。現代魔法学においてイデアとは、エイドスが記録されるプラットフォームのこと。
魔法の一次的形態は、このイデアというプラットフォームに魔法式を出力して、
そこに記録されているエイドスを書き換える技術である。

起動式
魔法の設計図であり、魔法を構築するためのプログラム。
CADには起動式のデータが圧縮保存されており、
魔法師から流し込まれたサイオン波を展開したデータに従って信号化し、魔法師に返す。

サイオン(想子)
心霊現象の次元に属する非物質粒子で、認識や思考結果を記録する情報素子のこと。
現代魔法の理論的基盤であるエイドス、現代魔法の根幹を支える技術である起動式や魔法式は
サイオンで構築された情報体である。

プシオン(霊子)
心霊現象の次元に属する非物質粒子で、その存在は確認されているがその正体、その機能については
未だ解明されていない。一般的な魔法師は、活性化したプシオンを「感じる」ことができるにとどまる。

魔法師
『魔法技能師』の略語。魔法技能師とは、実用レベルで魔法を行使するスキルを持つ者の総称。

魔法式
事象に付随する情報を一時的に改変する為の情報体。魔法師が保有するサイオンで構築されている。

魔法演算領域
魔法式を構築する精神領域。魔法という才能の、いわば本体。魔法師の無意識領域に存在し、魔法師は通常、魔法演算領域を意識して使うことは出来ても、そこで行われている処理のプロセスを意識することは出来ない。魔法演算領域は、魔法師自身にとってもブラックボックスと言える。

魔法式の出力プロセス
❶起動式をCADから受信する。これを「起動式の読込」という。
❷起動式に変数を追加して魔法演算領域に送る。
❸起動式と変数から魔法式を構築する。
❹構築した魔法式を、無意識領域の最上層にして意識領域の最下層たる「ルート」に転送、意識と無意識の狭間に存在する「ゲート」から、イデアへ出力する。
❺イデアに出力された魔法式は、指定された座標のエイドスに干渉しこれを書き換える。

単一系統・単一工程の魔法で、この五段階のプロセスを半秒以内で完了させることが、「実用レベル」の魔法師としての目安になる。

魔法の評価基準（魔法力）
サイオン情報体を構築する速さが魔法の処理能力であり、構築できる情報体の規模が魔法のキャパシティであり、魔法式がエイドスを書き換える強さが干渉力、この三つを総合して魔法力と呼ばれる。

基本コード仮説
「加速」「加重」「移動」「振動」「収束」「発散」「吸収」「放出」の四系統八種にそれぞれ対応したプラスとマイナス、合計十六種類の基本となる魔法式が存在していて、この十六種類を組み合わせることで全ての系統魔法を構築することができるという理論。

系統魔法
四系統八種に属する魔法のこと。

系統外魔法
物質的な現象ではなく精神的な現象を操作する魔法の総称。

心霊存在を使役する神霊魔法・精霊魔法から読心、幽体分離、意識操作まで多種にわたる。

十師族
日本で最強の魔法師集団。一条（いちじょう）、一之倉（いちのくら）、一色（いっしき）、二木（ふたつぎ）、二階堂（にかいどう）、二瓶（にへい）、三矢（みつや）、三日月（みかづき）、四葉（よつば）、五輪（いつわ）、五頭（ごとう）、五味（いつみ）、六塚（むつづか）、六角（ろっかく）、六郷（ろくごう）、六本木（ろっぽんぎ）、七草（さえぐさ）、七宝（しっぽう）、七夕（たなばた）、七瀬（ななせ）、八代（やつしろ）、八朔（はっさく）、八幡（はちまん）、九島（くどう）、九鬼（くき）、九頭見（くずみ）、十文字（じゅうもんじ）、十山（とおやま）の二十八の家系から四年に一度の「十師族選定会議」で選ばれた十の家系が『十師族』を名乗る。

数字付き
十師族の苗字に一から十までの数字が入っているように、百家の中でも本流とされている家系の苗字には“『千』代田”、“『五十』里”、“『千』葉”家の様に、十一以上の数字が入っている。

数値の大小が力の強弱を表すものではないが、苗字に数字が入っているかどうかは、血筋が大きく物を言う、魔法師の力量を推測する一つの目安となる。

数字落ち
エクストラ・ナンバーズ、略して「エクストラ」とも呼ばれる、「数字」を剥奪された魔法師の一族。

かつて、魔法師が兵器であり実験体サンプルであった頃、「成功例」としてナンバーを与えられた魔法師が、「成功例」に相応しい成果を上げられなかった為に捺された烙印。

様々な魔法

●コキュートス
精神を凍結させる系統外魔法。凍結した精神は肉体に死を命じることも出来ず、
この魔法を掛けられた相手は、精神の「静止」に伴い肉体も停止・硬直してしまう。
精神と肉体の相互作用により、肉体の部分的な結晶化が観測されることもある。

●地鳴り
独立情報体「精霊」を媒体として地面を振動させる古式魔法。

●術式解散〔グラム・ディスパージョン〕
魔法の本体である魔法式を、意味の有る構造を持たないサイオン粒子群に分解する魔法。
魔法式は事象に付随する情報体に作用するという性質上、その情報構造が露出していなければならず、
魔法式そのものに対する干渉を防ぐ手立ては無い。

●術式解体〔グラム・デモリッション〕
圧縮したサイオン粒子の塊をイデアを経由せずに対象物へ直接ぶつけて爆発させ、そこに付け加えられた
起動式や魔法式などの、魔法を記録したサイオン情報体を吹き飛ばしてしまう無系統魔法。
魔法といっても、事象改変の為の魔法式としての構造を持たないサイオンの砲弾であるため情報強化や
領域干渉には影響されない。また、砲弾自体の持つ圧力がキャスト・ジャミングの影響も撥ね返してしまう。
物理的な作用が皆無である故に、どんな障碍物でも防ぐことは出来ない。

●地雷原
土、岩、砂、コンクリートなど、材質は問わず、
とにかく「地面」という概念を有する固体に強い振動を与える魔法。

●地割れ
独立情報体「精霊」を媒体として地面を線上に押し潰し、
一見地面を引き裂いたかのような外観を作り出す魔法。

●ドライ・ブリザード
空気中の二酸化炭素を集め、ドライアイスの粒子を作り出し、
凍結過程で余った熱エネルギーを運動エネルギーに変換してドライアイス粒子を高速で飛ばす魔法。

●這い寄る雷蛇〔スリザリン・サンダース〕
『ドライ・ブリザード』のドライアイス気化によって水蒸気を凝結させ、気化した二酸化炭素を
溶け込ませた導電性の高い霧を作り出した上で、振動系魔法と放出系魔法で摩擦電気を発生させる。
そして、炭酸ガスが溶け込んだ霧や水滴を導線として敵に電撃を浴びせるコンビネーション魔法。

●ニブルヘイム
振動減速系広域魔法。大容積の空気を冷却し、
それを移動させることで広い範囲を凍結させる。
端的に言えば、超大型の冷凍庫を作り出すようなものである。
発動時に生じる白い霧は空中で凍結した氷や
ドライアイスの粒子だが、レベルを上げると凝結した
液体窒素の霧が混じることもある。

●爆裂
対象物内部の液体を気化させる発散系魔法。
生物ならば体液が気化して身体が破裂、
内燃機関動力の機械ならば燃料が気化して爆散する。
燃料電池でも結果は同じで、可燃性の燃料を搭載していなくても、
バッテリー液や油圧液や冷却液や潤滑液など、およそ液体を搭載していない機械は存在しないため、
『爆裂』が発動すればほぼあらゆる機械が破壊され停止する。

●乱れ髪
角度を指定して風向きを変えて行くのではなく、「もつれさせる」という曖昧な結果をもたらす
気流操作により、地面すれすれの気流を起こして相手の足に草を絡みつかせる古式魔法。
ある程度丈の高い草が生えている野原でのみ使用可能。

魔法剣

魔法による戦闘方法には魔法それ自体を武器にする戦い方の他に、
魔法で武器を強化・操作する技法がある。
銃や弓矢などの飛び道具と組み合わせる術式が多数派だが、
日本では剣技と魔法を組み合わせて戦う「剣術」も発達しており、
現代魔法と古式魔法の双方に魔法剣とも言うべき専用の魔法が編み出されている。

1. 高周波(こうしゅうは)ブレード

刀身を高速振動させ、接触物の分子結合力を超えた振動を伝播させることで
固体を局所的に液状化して切断する魔法。刀身の自壊を防止する術式とワンセットで使用される。

2. 圧斬り(へしきり)

刃先に斬撃方向に対して左右垂直方向の斥力を発生させ、
刃が接触した物体を押し開くように割断する魔法。
斥力場の幅は1ミリ未満の小さなものだが光に干渉する程の強度がある為、
正面から見ると刃先が黒い線になる。

3. ドウジ斬り(童子斬り)

源氏の秘剣として伝承されていた古式魔法。二本の刃を遠隔操作し、
手に持つ刀と合わせて三本の刀で相手を取り囲むようにして同時に切りつける魔法剣技。
本来の意味である「同時斬り」を「童子斬り」の名に隠していた。

4. 斬鉄(ざんてつ)

千葉一門の秘剣。刀を鋼と鉄の塊ではなく、「刀」という単一概念の存在として定義し、
魔法式で設定した斬撃線に沿って動かす移動系統魔法。
単一概念存在と定義された「刀」はあたかも単分子結晶の刃の様に、
折れることも曲がることも欠けることもなく、斬撃線に沿ってあらゆる物体を切り裂く。

5. 迅雷斬鉄(じんらいざんてつ)

専用の武装デバイス「雷丸(いかづちまる)」を用いた「斬鉄」の発展形。
刀と剣士を一つの集合概念として定義することで
接敵から斬撃までの一連の動作が一切の狂い無く高速実行される。

6. 山津波(やまつなみ)

全長180センチの長大な専用武器「大蛇丸(おろちまる)」を用いた千葉一門の秘剣。
自分と刀に掛かる慣性を極小化して敵に高速接近し、
インパクトの瞬間、消していた慣性を上乗せして刀身の慣性を増幅し対象物に叩きつける。
この偽りの慣性質量は助走が長ければ長いほど増大し、最大で十トンに及ぶ。

7. 薄羽蜻蛉(うすばかげろう)

カーボンナノチューブを織って作られた厚さ五ナノメートルの極薄シートを
硬化魔法で完全平面に固定して刃とする魔法。
薄羽蜻蛉で作られた刀身はどんな刀剣、どんな剃刀よりも鋭い切れ味を持つが、
刃を動かす為のサポートが術式に含まれていないので、術者は刀の操作技術と腕力を要求される。

魔法技能師開発研究所

西暦2030年代、第三次世界大戦前に緊迫化する国際情勢に対応して日本政府が次々に設立した魔法師開発の為の研究所。その目的は魔法の開発ではなくあくまでも魔法師の開発であり、目的とする魔法に最適な魔法師を生み出す為の遺伝子操作を含めて研究されていた。

魔法技師開発研究所は第一から第十までの10ヶ所設立され、現在も5ヶ所が稼働中である。

各研究所の詳細は以下のとおり。

魔法技能師開発第一研究所

2031年、金沢市に設立。現在は閉鎖。

テーマは対人戦闘を想定した生体に直接干渉する魔法の開発。気化魔法『爆裂』はその派生形態。ただし人体の動きを操作する魔法はパペット・テロ(操り人形化した人間によるカミカゼテロ)を誘発するものとして禁止されていた。

魔法技能師開発第二研究所

2031年、淡路島に設立。稼働中。

第一研のテーマと対をなす魔法として、無機物に干渉する魔法、特に酸化還元反応に関わる吸収系魔法を開発。

魔法技能師開発第三研究所

2032年、厚木市に設立。稼働中。

単独で様々な状況に対応できる魔法師の開発を目的としてマルチキャストの研究を推進。特に、同時発動、連続発動が可能な魔法数の限界を実験し、多数の魔法を同時発動可能な魔法師を開発。

魔法技能師開発第四研究所

詳細は不明。場所は旧東京都と旧山梨県の県境付近と推定。設立は2033年と推定。現在は封鎖されたこととなっているが、これも実態は不明。旧第四研のみ政府とは別に、国に対し強い影響力を持つスポンサーにより設立され、現在は国から独立しそのスポンサーの支援下で運営されているとの噂がある。またそのスポンサーにより2020年代以前から事実上運営が始まっていたとも噂されている。

精神干渉魔法を利用して、魔法師の無意識領域に存在する魔法という名の異能の源泉、魔法演算領域そのものの強化を目指していたとされている。

魔法技能師開発第五研究所

2035年、四国の宇和島市に設立。稼働中。

物質の形状に干渉する魔法を研究。技術的難度が低い流体制御が主流となるが、固体の形状干渉にも成功している。その成果がUSNAと共同開発した『バハムート』。流動干渉魔法『アビス』と合わせ、二つの戦略級魔法を開発した魔法研究機関として国際的に名を馳せている。

魔法技能師開発第六研究所

2035年、仙台市に設立。稼働中。

魔法による熱量制御を研究。第八研と並び基礎研究機関的な色彩が強く、その反面軍事的な色彩は薄い。ただ第四研を除く魔法技能師開発研究所の中で、最も多くの遺伝子操作実験が行われたと言われている(第四研については実態が不明)。

魔法技能師開発第七研究所

2036年、東京に設立。現在は閉鎖。

対集団戦闘を念頭に置いた魔法を開発。その成果が群体制御魔法。第六研が非軍事的色彩の強いものだった反動で、有事の首都防衛を兼ねた魔法師開発の研究施設として設立された。

魔法技能師開発第八研究所

2037年、北九州市に設立。稼働中。

魔法による重力、電磁力、強い相互作用、弱い相互作用の操作を研究。第六研以上に基礎研究機関的な色彩が強い。ただし、国防軍との結びつきは第六研と異なり強固。これは第八研の研究内容が核兵器の開発と容易に結びつくからであり、国防軍のお墨付きを得て核兵器開発疑惑を免れているという側面がある。

魔法技能師開発第九研究所

2037年、奈良市に設立。現在は閉鎖。

現代魔法と古式魔法の融合、古式魔法のノウハウを現代魔法に取り込むことで、ファジーな術式操作など現代魔法が苦手としている諸課題を解決しようとした。

魔法技能師開発第十研究所

2039年、東京に設立。現在は閉鎖。

第七研と同じく首都防衛の目的を兼ねて、大火力の攻撃に対する防御手段として空間に仮想構築物を生成する領域魔法を研究。その成果が多種多様な対物理障壁魔法。

また第十研は、第四研とは別の手段で魔法能力の引き上げを目指した。具体的には魔法演算領域そのものの強化ではなく、魔法演算領域を一時的にオーバークロックすることで必要に応じ強力な魔法を行使できる魔法師の開発に取り組んだ。ただしその成否は公開されていない。


これら10ヶ所の研究所以外にエレメンツ開発を目的とした研究所が2010年代から2020年代にかけて稼働していたが、現在は全て封鎖されている。

また国防軍には2002年に設立された陸軍総司令部直属の秘密研究機関があり独自に研究を続けている。

九島烈は第九研に所属するまでこの研究機関で強化処置を受けていた。

戦略級魔法師

現代魔法は高度な科学技術の中で育まれてきたものである為、
軍事的に強力な魔法の開発が可能な国家は限られている。

その結果、大規模破壊兵器に匹敵する戦略級魔法を開発できたのは一握りの国家だった。

ただ開発した魔法を同盟国に供与することは行われており、
戦略級魔法に高い適性を示した同盟国の魔法師が戦略級魔法師として認められている例もある。

2095年4月段階で、国家により戦略級魔法に適性を認められ対外的に公表された魔法師は13名。

彼らは十三使徒と呼ばれ、世界の軍事バランスの重要ファクターと見なされていた。

2100年時点で、各国公認の戦略級魔法師は以下の通り。

USNA

■アンジー・シリウス：「ヘビィ・メタル・バースト」
■エリオット・ミラー：「リヴァイアサン」
■ローラン・バルト：「リヴァイアサン」
※この中でスターズに所属するのはアンジー・シリウスのみであり、
エリオット・ミラーはアラスカ基地、ローラン・バルトは国外のジブラルタル基地から
基本的に動くことはない。

新ソビエト連邦

■イーゴリ・アンドレイビッチ・ベゾブラゾフ：「トゥマーン・ボンバ」
※2097年に死亡が推定されているが新ソ連はこれを否定している。
■レオニード・コンドラチェンコ：「シムリャー・アールミヤ」
※コンドラチェンコは高齢の為、黒海基地から基本的に動くことはない。

大亜細亜連合

■劉麗蕾（りうりーれい）：「霹靂塔」
※劉雲徳は2095年10月31日の対日戦闘で戦死している。

インド・ペルシア連邦

■バラット・チャンドラ・カーン：「アグニ・ダウンバースト」

日本

■五輪 澪（いつわみお）：「深淵（アビス）」
■一条将輝：「海爆（オーシャン・ブラスト）」
※2097年に政府により戦略級魔法師と認定。

ブラジル

■ミゲル・ディアス：「シンクロライナー・フュージョン」
※魔法式はUSNAより供与されたもの。2097年以降、消息を絶っているが、ブラジルはこれを否定。

イギリス

■ウィリアム・マクロード：「オゾンサークル」

ドイツ

■カーラ・シュミット：「オゾンサークル」
※オゾンサークルはオゾンホール対策として分裂前のEUで共同研究された魔法を原型としており、
イギリスで完成した魔法式が協定により旧EU諸国に公開された。

トルコ

■アリ・シャーヒーン：「バハムート」
※魔法式はUSNAと日本の共同で開発されたものであり、日本主導で供与された。

タイ

■ソム・チャイ・ブンナーク：「アグニ・ダウンバースト」
※魔法式はインド・ペルシアより供与されたもの。

スターズとは

USNA軍統合参謀本部直属の魔法師部隊。十二の部隊があり、
隊員は星の明るさに応じて階級分けされている。
部隊の隊長はそれぞれ一等星の名前を与えられている。

●スターズの組織体系

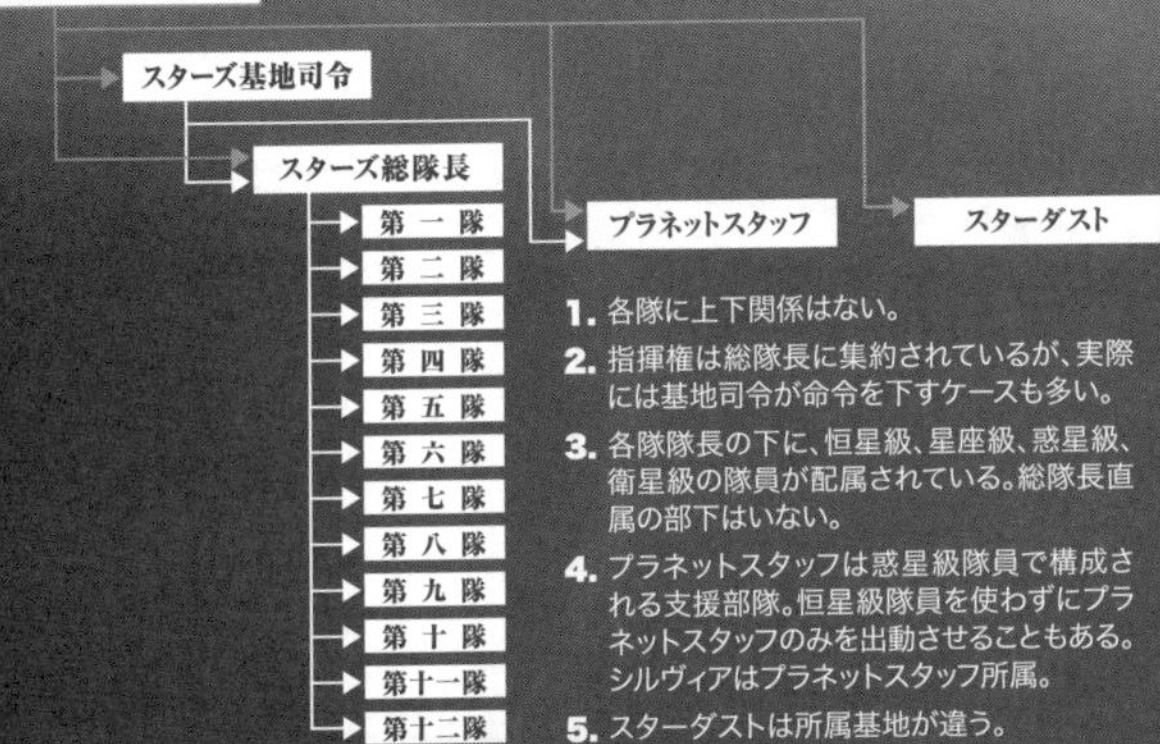

1. 各隊に上下関係はない。
2. 指揮権は総隊長に集約されているが、実際には基地司令が命令を下すケースも多い。
3. 各隊隊長の下に、恒星級、星座級、惑星級、衛星級の隊員が配属されている。総隊長直属の部下はいない。
4. プラネットスタッフは惑星級隊員で構成される支援部隊。恒星級隊員を使わずにプラネットスタッフのみを出動させることもある。シルヴィアはプラネットスタッフ所属。
5. スターダストは所属基地が違う。

総隊長アンジー・シリウスの暗殺を企てた隊員たち

• アレクサンダー・アークトゥルス
第三隊隊長 大尉 北アメリカ大陸先住民のシャーマンの血を色濃く受け継いでいる。
レグルスと共に叛乱の首謀者とされる。

• ジェイコブ・レグルス
第三隊 一等星級隊員 中尉 ライフルに似た武装デバイスで放つ
高エネルギー赤外線レーザー弾『レーザースナイピング』を得意とする。

• シャルロット・ベガ
第四隊隊長 大尉 リーナより十歳以上年上であるが、階級で劣っていることに不満を懐いている。
リーナとは折り合いが悪い。

• ゾーイ・スピカ
第四隊 一等星級隊員 中尉 東洋系の血を引く女性。『分子ディバイダー』の
変形版ともいえる細く尖った力場を投擲する『分子ディバイダー・ジャベリン』の使い手。

• レイラ・デネブ
第四隊 一等星級隊員 少尉 北欧系の長身でグラマラスな女性。
ナイフと拳銃のコンビネーション攻撃を得意とする。

メイジアン・カンパニー

魔法資質保有者(メイジアン)の人権自衛を目的とする国際互助組織であるメイジアン・ソサエティの目的を実現するための具体的な活動を行う一般社団法人。2100年4月26日に設立。本拠地は日本の町田にあり、理事長を司波深雪、専務理事を司波達也が務める。

国際組織として、魔法協会が既設されているが、魔法協会は実用的なレベルの魔法師の保護が主目的になっているのに対し、メイジアン・カンパニーは軍事的に有用であるか否かに拘わらず魔法資質を持つ人間が、社会で活躍できる道を拓く為の非営利法人である。具体的にはメイジアンとしての実践的な知識が学べる魔法師の非軍事的職業訓練事業、学んだことを実際に使う職を紹介する非軍事的職業紹介事業を展開を予定。

FEHR －フェール－

『Fighters for the Evolution of Human Race』(人類の進化を守る為に戦う者たち)の頭文字を取った名称の政治結社。2095年12月、『人間主義者』の過激化に対抗して設立された。本部をバンクーバーに置き、代表者のレナ・フェールは『聖女』の異名を持つカリスマ的存在。結社の目的はメイジアン・ソサエティと同様に反魔法主義・魔法師排斥運動から魔法師を保護すること。

リアクティブ・アーマー

旧第十研から追放された数字落ち『十神』の魔法。個体装甲魔法で、破られると同時に『その原因となった攻撃と同種の力』に対する抵抗力が付与されて再構築される。

FAIR －フェール－

表向きはFEHRと同じく、USNAで活動する反魔法主義者から同胞を守るための団体。

しかし、その実態は魔法を使えない人間を見下し、自分たちの権利のためには暴力を厭わない、魔法至上主義の過激派集団。

秘匿されている正式名称は『Fighters Against Inferior Race』。

進人類戦線

もともとFEHRのリーダーであるレナ・フェールに感銘を受けた日本人が作った反魔法主義から魔法師を守ることを目的としている団体。

暴力に訴えることを否定したFEHRに反して、政治や法が魔法師迫害を止めてくれないのであれば、ある程度の違法行為は必要と考え行動している。

結成時のリーダーが決行した示威行為が原因で、一度解散へと追い込まれたが、非合法化組織として再結集した。

新人類でなく進人類なのは、「魔法師は単に新世代の人類なのではなく、進化した人類である」という自意識を反映したものである。

レリック

魔法的な性質を持つオーパーツの総称。それぞれ固有の性質を持ち、長らく現代技術でも再現が困難であるされていた。世界各地で出土しており、魔法の発動を阻害する『アンティナイト』や魔法式保存の性質を持つ『瓊勾玉』などその種類は多数存在する。

『瓊勾玉』の解析を通し、魔法式保存の性質を持つレリックの複製は成功。人造レリック『マジストア』は恒星炉を動かすシステムの中核をなしている。

人造レリック作成に成功した現在でも、レリックについては未だに解明されていないことが多く存在し、国防軍や国立魔法大学を中心に研究が進められている。

The International Situation

2100年現在の世界情勢

世界の寒冷化を直接の契機とする第三次世界大戦、二〇年世界群発戦争により世界の地図は大きく塗り替えられた。現在の状況は以下のとおり。

USAはカナダ及びメキシコからパナマまでの諸国を併合してきたアメリカ大陸合衆国（USNA）を形成。

ロシアはウクライナ、ベラルーシを再吸収して新ソビエト連邦（新ソ連）を形成。

中国はビルマ北部、ベトナム北部、ラオス北部、朝鮮半島を征服して大亜細亜連合（大亜連合）を形成。

インドとイランは中央アジア諸国（トルクメニスタン、ウズベキスタン、タジキスタン、アフガニスタン）及び南アジア諸国（パキスタン、ネパール、ブータン、バングラデシュ、スリランカ）を呑み込んでインド・ペルシア連邦を形成。

個人が国家に対抗するという偉業を司波達也が成し遂げたため 2100 年に IPU とイギリスの商人の下、スリランカは独立。独立とともに魔法師国際互助組織メイジアン・ソサエティの本部が創設されている。

他のアジア・アラブ諸国は地域ごとに軍事同盟を締結し新ソ連、大亜連合、インド・ペルシアの三大国に対抗。

オーストラリアは事実上の鎖国を選択。

EUは統合に失敗し、ドイツとフランスを境に東西分裂。東西EUも統合国家の形成に至らず、結合は戦前よりむしろ弱体化している。

アフリカは諸国の半分が国家ごと消滅し、生き残った国家も辛うじて都市周辺の支配権を維持している状態となっている。

南アメリカはブラジルを除き地方政府レベルの小国分立状態に陥っている。

【1】シャスタ山

シャスタ山。

ＵＳＮＡカリフォルニア州北部、オレゴン州との境に近い所に位置する四千メートル級の火山である。カスケード山脈に属し、同山脈ではレーニア山に次いで二番目に高い。カリフォルニア州内で見ても五番目の高峰だ。

ここは聖なる山として古来より先住民の信仰対象となっていた。今でも、有名な観光地であると同時に所謂「パワースポット」として神秘主義者の関心を惹き付けている。今世紀初頭には一部の神秘主義者により先史文明の地下都市があると信じられたこともある。

今、そのシャスタ山を十数人の異能者が彷徨っていた。

彷徨って、と言っても道に迷っているわけではない。場所が定かでない、存在するのかどうかも分からない遺跡を探して山中を歩き回っているのだ。

観光ルートを外れ、人目を避けて動く彼らはＦＡＩＲの調査隊だ。

ＦＡＩＲ――『Fighters for the Evolution of Human Race』（人類の進化を守る為に戦う者たち）を名乗る魔法師選民思想過激派組織。犯罪組織として表立った捜査の対象にこそなっていないが、市民社会に対する潜在的な脅威として当局から警戒の目を向けられている。

事実、ＦＡＩＲの構成員の半数以上が実際に罪を犯しており、残るメンバーも法を逸脱することに忌避感を持っていなかった。

FAIRの目的は魔法師優位の社会の実現。優等種である魔法師が魔法を使えない劣等種を支配すべきであるというのが彼らの信念だ。自分たちが掲げるこの理想を実現する為ならば、劣等種が定めたルールに従う必要は無い、というのがFAIRを構成する魔法師と異能者のスタンスだった。

FAIRのサブリーダー、ローラ・シモンに率いられた一隊は、「聖遺物」が埋まっている遺跡を探していた。

現代において魔法に関わる者たちの間で、レリックは現代の技術では実現できない、魔法的な効果を秘めた発掘物を意味している。彼女たちが求めているのは、自分たち優等種の社会を実現する為の武器となるレリックだ。

ただシャスタ山にレリックが埋まっていることを示す資料は何も無い。根拠はローラのインスピレーションだけだ。それでも探索を行う隊員から、不平の声は上がっていなかった。

ローラを探索隊の隊長に任命したFAIRのリーダー、ロッキー・ディーンの威光が不満を抑え込んでいるという面はあった。しかし、それだけではない。魔法師であり異能者である隊員たちにとって、ローラのインスピレーションは十分根拠になり得るものだったのだ。

ローラ・シモンは「魔女」。この二十一世紀末現在、古式魔法研究の分野において「魔女」は「シャーマン」の一種と考えられている。

魔女はシャーマン同様、受動的な予知能力を持つ。「託宣」や「預言」とも表現される、五感から得ることの不可能な情報の流入。占術のように特定の情報を積極的に入手するのではなく、無作為に何処(どこ)からか流れ込んでくる、本人にもコントロールできない自分のものではない知識。

ＦＡＩＲ(フェア)のシャスタ山探索はこの魔女の異能、ローラの受動的予知に基づいて行われている。そして探索隊のメンバーは、ローラが本物の魔女であることを良く知っていた。受動的予知の確度も、それ以外の「魔女術(ウィッチクラフト)」の恐ろしさも。——特に彼女の対人攻撃能力は、つい先程目撃したばかりだ。

だから隊のメンバーはこの探索が根拠の無い馬鹿馬鹿しいものとは考えていなかったし、もし成功に懐疑的であってもローラに逆らおうという者はいなかった。

ＦＡＩＲ(フェア)の探索隊は今、森の中に自然にできた小さな空き地で足を止めていた。

ローラの前には二人の男女。ローラは冷たい眼差(まなざ)しを彼らに向け、男女は俯(うつむ)いている。

「レナ・フェールの犬を取り逃がしてしまったようですね」

ローラは小一時間前、ＦＥＨＲ(フェール)のサブリーダーであるルイ・ルーが自分たちを監視していることに気付き、［寄生木(やどりぎ)の矢］と呼ばれる古式魔法で攻撃した。そして彼女はこの二人に、手傷を負わせたルイ・ルーを捕らえてくるよう命じていたのだった。

「も、申し訳ございません、ミズ・シモン」

男の方が青ざめた顔で謝罪の言葉を絞り出す。もう一人は無言で、ローラと目を合わせないよう俯(うつむ)いたままだ。

「逃がしてしまったものは仕方ないでしょう」

ローラはため息も吐(つ)かず淡々とそう述べた。

「ただ、これ以上邪魔をされたくありません。FEHR(フェール)に限らず、何者も近付けないよう厳しい警戒を怠らぬように。分かりましたか？」

「かしこまりました！」

「ご命令のままに！」

男女がローラの視線から逃れるように後退(あとずさ)る。

「貴方(あなた)たちも警戒に当たりなさい」

ローラが目を転じて別の二人に指図する。

「はっ」

「承りました」

ローラに命じられた二人の男性が、返事をして隊列を離れた。叱責を受けていた男女は右。後の二人は左。四人は密に並ぶ樹木の陰に姿を消した。

ローラが率いる探索隊の目的は埋蔵遺物の盗掘だ。ＦＡＩＲ(フェア)はまだ、当局と事を構える準備ができていない。それ故に探索は目立たぬよう行われていた。

彼女たちはこの日まで、夜は山を下り安いモーテルに泊まっていた。夜の方が人目に付かないと思われがちだ。だが夜の探索には暗闇という障碍(しょうがい)がある。

暗視・透視の術式や異能を使えば昼間と同様に探索可能。しかし残念ながら探索隊の全員をその種の魔法師・異能者で揃(そろ)えることは、今のＦＡＩＲ(フェア)の陣容では無理だった。

魔法や異能に全面依存できなければ照明が不可欠となる。その光が夜の山中では目立ってしまう。それを恐れて夜間の探索は控えていた。

しかしこの日、ＦＥＨＲ(フェール)のサブリーダーに手傷を負わせながら逃がしてしまった日の翌日の夜。ローラは他のメンバーをモーテルに帰して一人でシャスタ山中の、木々に囲まれた小川の畔(ほとり)にいた。

六月上旬とはいえ、山の夜は冷える。にも拘(かか)わらず、彼女は薄物一枚の軽装だった。躶丈(くるぶし)ノースリーブの、薄手のワンピース一枚。ブラもショーツも着けていない、本当に一枚きりの薄着だった。

空は晴れているが、今日は新月。焚火も無く、ローラを照らしているのは頭上のわずかな隙間から降り注ぐ微かな星の光のみだ。その暗闇の中、ローラは自身の小さな足音だけを伴奏に舞う。

風と戯れるような、軽やかな舞ではない。

地を這い土を抱くような舞踊。

天上の光を目指す舞ではなく、大地の闇と同化する踊り。

腰を落とした低い姿勢で何度も回り。

両膝を地面に突き大きく仰け反り、ローラは大地に倒れ伏した。

その体勢で、激しく身を震わせる。

初めの内は細かく。

やがてガクガクと頭を、上半身を跳ねさせる。

十秒、二十秒と時間が経過し、一分を過ぎたところでローラの痙攣は治まった。

力なく仰向けに寝転がる。

弱々しく胸を上下させながら、彼女は「小さな滝の裏か……」と呟いた。

◇　◇　◇

六月中旬某日、バンクーバー。

一週間前、サブリーダー負傷の報に揺れたＦＥＨＲ本部に明るい茶髪の若い女性が招かれていた。東アジア系の顔立ちは若いというより幼い印象だが、先方の事務所から渡されたプロフィールによれば実年齢は三十歳を超えている。

童顔に似合わぬグラマラスな身体付き。女性的な魅力はそれなりに高いが、荒事に向いているようには見えない。

だがこの女性はＦＥＨＲのリーダー、レナ・フェールが片腕と頼む元ＦＢＩ捜査官シャーロット・ギャグノンが実力を認める私立探偵事務所から、今回の依頼内容に最適との触れ込みで派遣されてきた私立探偵だ。

名前はルカ・フィールズ。ただ、これは偽名だろう。直感的な印象だが、レナはそう感じた。

彼女は東亜系と言うより東アジア人そのものに見えた。多分、日本人ではないだろうか。そもそも「ルカ」は通常、男性名だ。それを日本では女性名として使うと、レナは仲間の遠上遼介から聞いたことがある。

「お目にかかれて光栄です、ミズ・フェール」

ルカ（自称）に握手を求められて、レナは「こちらこそ」と応えながら差し出された右手を握り返した。

「早速ですが、仕事の詳細を教えていただけますか。監視の仕事とうかがっていますが、素行調査のご依頼でしょうか」

レナに続いてシャーロットと挨拶を交わしたルカが、依頼内容をレナに訊ねる。

レナたちの方も無駄話を省くことに異存は無かった。

「ある意味では素行調査と言えます」

ルカの質問に答えたのはシャーロット。

「ただし、相手は個人ではなく組織ですが」

「犯罪組織の私的捜査ですか？」

自ら「犯罪組織」と口にしながらルカは平然としている。強がっているようにも見えなかった。平和的な容姿に反して、その手の経験は豊富なのかもしれない。

「サンフランシスコのFAIRという団体はご存じですか？」

ルカの質問に、シャーロットはこの問いを返した。

「反魔法主義に対抗して組織された過激派、潜在的な魔法師犯罪者組織ですね」

ルカが淀みなく答える。

「ご依頼はFAIRの調査ですか？」

　そしてこう付け加えた。

「FAIR（フェア）がシャスタ山に十人程のグループを派遣しています。彼らの目的が埋蔵物の盗掘ではないかと、我々は憂慮しているのです」

「埋蔵物の盗掘……。レリックでも掘り当てようとしているのでしょうか」

　ルカの口調は本気のものではなかった。半ば冗談として「レリック」という単語を口にしたのだと思わせる口振りだ。

「それを狙っていると我々は考えています」

　それに対して、レナが真顔でこう返す。

「……本気のようですね」

　ルカが戸惑っていた時間は短かった。

「それで？　FAIR（フェア）の盗掘を妨害すれば良いのですか？　それとも掘り出されたレリックを横取りしたいと？」

　そしてこのように訊（たず）ねた。

　レナが首を横に振る。

「御願（おねが）いしたいのは監視です」

「どういうことでしょう」

　その言葉に反して、ルカの口調に意外感は無かった。妨害はともかく横取りをオーダーされ

ると は、元々思っていなかったのだろう。

「FAIR(フェア)を見張り、違法行為があればそれを記録して欲しいのです。司法当局を動かすに足るレベルのものを」

「なる程」

レナの答えに、ルカが納得感を込めて頷(うなず)く。

「すぐに取り掛かった方が良(い)いですか?」

ルカはレナの――FEHR(フェール)の動機を訊(たず)ねなかった。

「……ええ。可能な限り早く。FAIR(フェア)の一隊がシャスタ山に入って、既に一週間以上が経過しています」

「ただし、危険ですよ」

ルカが最終的な答を出す前に、シャーロットが注意を促す。

「貴女(あなた)に依頼する前に仲間を派遣しましたが、軽くない怪我(けが)をして戻ってきました」

「ライセンスをお持ちの魔法師ですか?」

負傷者が出た事実を聞いても、ルカに動揺は見られない。彼女は事務的にそう訊(たず)ねた。

シャーロットはこの質問に「ええ」と言いながら頷(うなず)く。

「ランクをうかがっても?」

「Cですが、追跡や偵察に関してはAランクに匹敵する能力があります」

「そうですか」

ライセンスのランクが実力を反映していないと聞いても、ルカにその言葉を疑っている素振りは見られなかった。

「負傷はどのような攻撃によるものかお分かりですか？」

「……いえ、残念ながら」

レナが表情を曇らせる。

「おそらく、ＦＡＩＲ（フェア）のサブリーダーであるローラ・シモンの魔女術（ウイッチクラフト）による攻撃ではないかと思うのですが……」

「魔女術（ウイッチクラフト）……。古式魔法の一種ですね。まあ、何とかなりますよ」

ルカのセリフに慢心や気負いは感じられない。己の技量に揺るぎない自信を持っているという風でもない。

まるで他人事（ひとごと）のようにそう言って、ルカは鞄（かばん）から書類を取り出した。

「ご依頼、お引き受けしました。こちらにサインをいただけますか」

レナは戸惑いを隠せない表情で、差し出された契約書を手に取った。

六月下旬、カリフォルニア州シャスタ・トリニティ国立森林。

その木々の間で『ルカ・フィールズ』こと小野遥は、録画機能付きの携帯望遠鏡をのぞき込んでいた。

レナ・フェールが見抜いたとおり、『ルカ・フィールズ』というのは偽名だ。本当の素性は日本人で、表の身分が元国立魔法大学付属第一高校カウンセラー、裏の身分が警察省公安庁非正規諜報員、小野遥。

ただ、どちらの身分も過去のものだ。

彼女が名を偽りアメリカで私立探偵をする羽目になったのは、過去の裏の身分の所為だった。

約二年前、日本の諜報機関で深刻な暗闘が起こった。公安（警察省公安庁）と内情（内閣府情報管理局）、この非軍事二部門間で組織拡大方針を巡って深刻な対立が生じたのだ。

犯罪者を非公式諜報員として活用し諜報力の強化を目論む内情と、犯罪者の取り込みに断固反対する公安の図式。諜報活動の過半が脱法、あるいは非合法であることを考えれば公安の態度は矛盾しているようにも思われる。しかし組織の成り立ちから警察関係者が多い公安にとっては、犯罪者を利用することは是としても犯罪者に利用される可能性は万に一つも認められないものだったのだ。

内情と公安の対立は、双方の実力行使に及んだ。相手の弱みを握る為のスパイ行為はすぐに、相手の兵力を奪う為の闘争に変わった。

殺人の事例がわずかだったのは、お互いにギリギリの自制が働いた結果だろう。しかし重傷者は後を絶たなかった。身体機能欠損に追いやられる者も、構成員に対する比率で見れば少なくなかった。

ターゲットになったのは非正規の諜報員だ。——小野遥のような。

身の危険が間近まで迫り来る中、遥は脱走を決意した。

元々彼女は、自ら望んで諜報員になったのではない。半ば、ではなくほとんど脅迫に屈する形で公安に雇われたのだ。

彼女はあくまでもカウンセラーが自分の本業だと見做していたし、諜報員を辞めたいと常々考えていた。同士討ちで命を落とすかもしれない状況に置かれてなお、仕事を続ける熱意など彼女の中には何処をひっくり返しても存在していなかった。

もっとも、彼女は公安の非正規で非合法の諜報員を何年も務めた身だ。知ってしまった不都合な秘密の数は、両手の指に余る。何なら両足の指を加えても、まだ数え切れない。平穏無事に辞表を受け取ってもらえるはずはなかった。

そこで彼女が採用した選択肢は脱走である。しかし辞表が円満に受理されないのに、見て見ぬふりで脱走を許してくれるはずもない。

遥はＢＳ魔法師——先天的特異魔法技能者。その異能は自己に対する認識阻害。「逃げる」ことと「隠れる」ことにかけて彼女は公安でも、いや、日本でも指折りの能力者だった。

だが、国家組織を相手取って脱走を成功させる自信は持ち合わせていなかった。遥はそこまで自分の先天的な特異魔法——異能を過信していなかった。

遥には「忍術使い」九重八雲を師と仰いでいた時期がある。彼女はその縁を頼った。

それは、間違いではなかった。しかし無事日本を脱出しＵＳＮＡまで逃げ延びたのは良いものの、この国にカウンセラーの職は無かった。残念ながら彼女のカウンセラーとしての技術やキャリアは、アメリカでは認めてもらえなかったのである。結局彼女はこうして、自分の異能に頼った生活をしている。

私立探偵は遥にとって不本意な職業だが、日本に戻れば命が危ない（かもしれない）という危機感を原動力にして、仕事には真面目に取り組んでいた。今回も山林の中での尾行・盗撮という疲れる仕事を彼女は黙々とこなしているところだ。

男性九人、女性四人からなるＦＡＩＲの探索隊は小型のスコップやピックハンマーを持って小さな川を遡っていた。このまま行けば数分で、余り知られていない小規模な滝にたどり着く。知名度が低いにも拘わらずそれを何故遥が知っているのかというと、ＦＡＩＲが滝を目指しているのはこの日が初めてではないからだ。

昨日、彼らは大きな道具を担(かつ)いで滝の裏に入っていった。

そしてすぐに、意気消沈した様子で戻ってきた。

おそらく滝の裏には洞窟か何かがあって、柄の長い道具を振り回すには狭すぎたのだろう。

埋蔵ポイントを発見してすぐ発掘に取り掛かりたかったのだろうが、無計画と笑う気は起きなかった。人目を避けての盗掘だ。可能な限り短期間で済ませたいに決まっている。

昨晩、探索隊が帰った後、遥(はるか)は滝の裏に入ってみた。見張りが二人残っていたが、見付かることはなかった。

滝の裏には狭い洞窟が口を開けていた。標準的な日本人女性の体格の遥(はるか)がなんとか二人並んで入れる程度。思ったとおり、鶴嘴(つるはし)を振り上げられるような空間は存在しない。

可視光ライトは使わず赤外線スコープで見ただけだが、洞窟に人の手が加わっている形跡は無かった。

だが、ここには何かがある。

遥(はるか)はそう感じた。

彼女の感覚では、埋まっているのがレリックなのかそうでないのか、そこまでは残念ながら分からなかった。

しかしＦＡＩＲ(フェア)が、この洞窟から何かを持ち去ろうとしていることだけは、確信が持てた。

彼女は昨晩、洞窟の天井に人感センサーでスイッチが入るスタンドアロンの超小型カメラを仕掛けた。録画時間は八時間。それで盗掘現場を撮影できるかどうかは五分五分だ。だが幾ら彼女が隠形(おんぎょう)に自信があるといっても、ターゲットと一緒に狭い洞窟の中へ入っていく勇気は無かった。

——昨晩それだけの仕掛けをして、遥(はるか)は滝でＦＡＩＲ(フェア)の探索隊を待ち構えるのではなく車道から尾行している。万が一あの滝の洞窟が彼らの目的地ではなかった時に備えての行動だったが、どうやら昨晩の準備は無駄にならないようだ。

だからといって安心はできない。いきなり行き先を変えることもあり得る。遥(はるか)は油断せずにＦＡＩＲ(フェア)の一隊を追い続けた。

ローラに率いられたＦＡＩＲ(フェア)の調査隊は小さな滝の前で足を止めた。

モスブレーフォールズやヘッジクリークフォールズのような観光スポットではない。観光ルートからもハイキングルートからも外れた小規模な滝だ。地図に名前も載っていない。むしろ隠されているような感すらある。

もしかしたら現代魔法学とは異なる体系の、非物理技術によって隠されているのかもしれない。そう疑ってしまうほど辺りに人影は無く、また人が出入りしている形跡も無い。彼らがいるのはそんな場所だった。

ローラが率先して滝の裏側に進む。そこには成人女性が何とか二人並んで歩ける幅の洞窟が隠れていた。高さはあるが、上は鋭く先細りになっている。「洞窟」というより「亀裂」と表現する方が相応しいのかもしれない。

彼女はゆっくり歩きながら手にしたライトを動かして岩肌のあちこちを照らし、七、八メートル進んだところで足を止めた。

「ここを掘りなさい」

ローラの指図に、女性の探索隊員が足早に入ってきてライトを当てている所の前に立った。

ローラはライトを女性隊員に渡して、入れ替わりに洞窟の外に出た。

男性隊員が二人、洞窟の中に入っていく。一人はピックハンマーを持ち、もう一人はスコップとバケツを持っている。片方は土を運び出す係なのだろう。事実、ローラが見ている前でバケツをぶら下げた男性隊員が洞窟から出てきて、別の男性が同じようにスコップとバケツを持って中へ入っていった。

それが何度も繰り返され、しばらくしてさらに、ピックハンマーを手にした男も交代する。

そんなことが約半日続き、照明係、発掘係、運搬係の三人が一緒に滝の裏から出てきた。

「見付かりましたか？」

ローラの問い掛けにライト係を務めていた女性の隊員が、両手に収まる程度のサイズの石板を差し出した。

「これでしょうか？」

ローラはその赤茶けた石板を受け取り、十秒余り見詰めた。

「……違いますね」

「そ、そうですか。申し訳ございません！」

発掘物を持ってきた女性だけでなく、一緒に洞窟から出てきた男性メンバーも青ざめた顔で必死に頭を下げる。その怯(おび)えようは、組織の中の上下関係だけで説明できるものではない。

だが幸い、彼らが恐れていたような展開にはならなかった。

「……すぐに見付かるとは考えていません。今日はこれで引き上げましょう」

ローラはそう言って石板を持ったまま、さっさと下山ルートに足を向けた。

彼女の前で震えていた三人だけでなく他のメンバーも一様にホッとした表情でローラの後に続いた。

ＦＡＩＲ(フェア)の姿が見えなくなって、遥(はるか)は潜めていた息を大きく吐いた。途端に肩が軽くなる。気付かない内に力んでいたようだ、と彼女は思った。

集音マイクで彼らの話を盗み聞きした限りでは、今日の盗掘は失敗だったようだ。とはいえ、発掘した埋蔵物を持ち帰っている。文化的な価値の有無は分からないが、ここは確か国有地。埋蔵物は国の物になるはずだ。撮影したビデオと録音データだけで罪に問うことは可能だろう。ただ、発掘したあの石板の価値次第では大した罪にはならない。依頼人のニーズを満たせるかどうかは微妙なところだ、と遥は考えた。それに彼らは、明日も発掘に来るようなことを言っていた。目当ての物が見付かるまで掘り続けるつもりに違いない。

依頼人に調査続行の要否を確認しなければならない。——そう考えた遥は、取り敢えず洞窟の中に仕掛けたカメラを取り替える為に滝の裏へ向かった。

【2】日本からの使者

六月二十六日午後（現地時間）、バンクーバー国際空港。

「ここがアメリカなのね……」

東京国際空港――正式名称は東京湾海上国際空港で日本国内の通称は羽田空港だが、国際的には東京国際空港と呼ばれている――発の直行便から降りてきたばかりの若い女性客がたっぷり感情の乗った声でそう漏らした。

彼女の独り言を聞きとがめる地元民はいない。この都市は戦前カナダ領だったが、今ではむしろアメリカ扱いされない場合に彼らは不快感を示す。

「まだ空港の中だぞ。羽田と大して変わらないだろう」

彼女に対するツッコミは同行者から入った。同じ年頃の同性で、いずれも滅多に目撃する機会が無い程の美形という点は同じ。ただ、嘆声を漏らした前者は女性的でエレガント。ツッコミを入れた後者は凜々しくマニッシュ。このように、印象は対照的だった。

「何よ、冷めてるわねぇ。摩利だって日本を出るのは初めてでしょう？　魔法師なんだから」

「そのメイジストという名称、慣れないな……。いや、それはともかくだ。確かにあたしも出国は初めてだが、真由美と違って任務中だ。お上りさんよろしく浮かれたりはしない」

この二人は七草真由美と渡辺摩利。真由美が言ったように、二人共魔法師だ。

彼女たちのようなハイレベルの魔法師は、これまで海外渡航を自粛の強制という形で禁止されていた。だが真由美に渡米を命じた上司の司波達也が、あらゆる戦略兵器を超える彼の魔法で政府に圧力を掛けて出国を認めさせたのだった。そして摩利は所属する国防軍独立魔装連隊の司令官に命じられて、護衛として真由美に同行しているのである。

「お上りさんって、失礼ね」

真由美が不満げな半眼の眼差し——所謂「ジト目」を摩利に向ける。

「さっきの真由美は、そのものだったぞ」

摩利は呆れ顔でそれに応じた。

「そんなことないわよ。私は感動を素直に認めているだけ。白けた態度ばかり取っていると、すぐに老けちゃうんだから」

「何時までも少女のつもりでいるのは年甲斐がないぞ」

「年甲斐なんて言葉が出てくるのは、オバさんになりかけている証拠よ」

「オバ……」

真由美と摩利の間に険悪な空気が流れる。

「……注目され始めていますよ。そろそろ移動しませんか？」

彼女たちは二人連れではなかった。もう一人の同行者、遠上遼介が懇願の口調で口を挿む。

「……すみません、そうですね」

「……了解です。行きましょう」

真由美と摩利は、恥ずかしそうにそう応じた。

三人がタクシー乗り場に向かって歩き始めた直後。

「達也」

ロビーの少し離れた所から、達也に呼び掛ける声があった。

「ミレディ⁉」

達也の声には意外感、顔には喜色。

彼は声の主へ、真由美たちを置いて走り寄る。

その達也を笑顔で待っていたのはFEHRの代表、レナ・フェールだった。

「何故ここに？」

「皆さんの到着予定時刻を藤林さんという方から教えてもらっていましたから」

達也の質問に対するレナの答えは、彼にのみ向けたものではない。やや大きめにゆっくり語られた言葉は、達也を追い掛けて速歩で近付いてきた真由美と摩利に対するものでもあった。

「それで態々、ミレディが来てくださったんですか⁉」

「私は助手席に乗ってきただけですけどね」

レナが自分の左隣に目を向ける。

た。

視線を誘導されてようやく、遼介はレナの隣に立つシャーロット・ギャグノンに気が付いた。

「……ミズ・ギャグノン。お久し振りです」

「相変わらずですね、ミスター」

シャーロットは呆れと微笑ましさが入り混じった苦笑を浮かべている。もっとも「レナしか目に映っていない」という失態をFEHRのメンバーが演じるのは、遼介に限ったことではなく、特に男性メンバーの間では珍しくもなかった。

「お出迎えありがとうございます。メイジアン・カンパニーの七草真由美です」

ここで真由美が会話に参加し、レナとシャーロットに挨拶をする。

「初めまして。FEHRの代表を務めております、レナ・フェールです」

内輪の会話に意識を割いていたレナの顔に、一瞬、狼狽が過った。だがそれはすぐに消えて、落ち着いた笑顔で真由美に挨拶を返した。

容姿に似合わぬ大人びた態度のギャップが真由美に困惑をもたらす。しかし戸惑いが表情に反映される前に、真由美はレナの実年齢を思い出した。

彼女の実年齢は三十歳。

しかしレナの外見は、どう見ても十六、七歳にしか思われないものだった。

「FEHR法律顧問のシャーロット・ギャグノンです」

「よろしくお願いします、ミズ・フェール。ミズ・ギャグノン」

違和感を抑え込んで、真由美は無難に握手を交わす。

真由美に続いて摩利は二人と、軍人の身分を隠さずに挨拶を交わした。

顔合わせを終えて、真由美たち三人はシャーロットが運転する自走車でバンクーバー郊外のＦＥＨＲ本部へ向かった。

予定時刻をわずかに超過してバンクーバーに到着した現在の時間帯はまだ朝と言っても良く、ホテルのチェックインには早過ぎる。元々の予定では空港からタクシーでＦＥＨＲ本部に向かう予定だった。だからレナとシャーロットが車で迎えに来てくれたのは、真由美にとって大助かりだった。——遼介は頻りに恐縮していたが。

ホテルにも同じ車で送ってもらえるとのことだったので、真由美は書類鞄、摩利は大きめのハンドバッグだけを持って自走車を降りた。なお摩利のハンドバッグには金属探知機にも透視検査装置にも引っ掛からない小型拳銃が分解された状態で隠されている。

真由美たちは今、会議室らしき部屋に案内されていた。椅子もテーブルも実用性を重視したもので、とても応接用には見えない。もしかしたらこのＦＥＨＲ本部に、応接室の類は無いのかもしれない。

「ミズ七草。今回のご訪問はメッセージを届けてくださる為のものだとうかがっていますが」

紅茶が出されているテーブルを挟んで真由美と社交辞令を交換していたレナが、そういう言い方で本題に移った。

「メッセージだけということはありませんよね？　それならメールで十分です」

「そうですね」

レナの指摘はもっともなものだったので、真由美は素直に認めた。

「真の目的をうかがっても？」

「申し訳ございませんが、お答えできません」

「……そうですか」

「誤解なさらないでください。隠しているのではなく、私も理解していないのです」

「と、仰いますと？」

そう問い返したのはシャーロット。レナは頭上に見えない疑問符を幾つも浮かべていた。

「ミスター司波から受けた指示は――」

真由美は達也のことを「ミスター司波」と呼んだ。これは言うまでもなく深雪と区別する為だ。国内であれば達也を「司波専務」、深雪を「司波代表」と呼んで区別するところだが、アメリカではそんな細かい部分まで知られていないだろうと考えてのものだった。

「――貴女方FEHRがメイジアン・ソサエティとの提携交渉に応じる意志があるかどうか確かめることでした」

「それだけなら……」

態々バンクーバーまで来る必要は無い、とレナは言い掛けたのだろう。

「なる程」

しかしシャーロットが、意図せずそのセリフを遮った。

「ミスター司波は貴女に我々を見極めさせるつもりなのですね」

「分かりません」

シャーロットの推測に、真由美は同じ意味の答えを繰り返す。

誤魔化しではない。達也が自分の判断をそこまで信頼しているのかどうか、真由美には自信が無かった。

「私はただ、提携に関する貴女方のお考えを日本に持ち帰るだけです」

「……メッセージは確かに頂戴しました」

数秒、真由美を見詰めた後、レナはそう告げた。

「一日、いえ、明後日まで時間をください。皆と話し合いたいと思います」

「もちろん結構です」

レナの申し出に真由美が頷く。

「それでは明後日……何時にうかがえばよろしいでしょうか？」

そしてこう問い返した。

「それでは、午後三時で如何でしょう」

「分かりました。明後日の三時にお邪魔します」

「ええ、お待ちしています」

全員が一斉に立ち上がり、真由美がレナ、シャーロットと握手を交わす。

遼介は会議が始まってからずっとレナを見詰めていたが、結局この場では何も言わなかった。


レナとシャーロットに送られてエントランスに向かう途中、真由美と摩利は懐かしい人物とばったり顔を合わせた。

「小野先生……？」

「七草さん？　それに渡辺さんも……？」

真由美たちが再会したのは、彼女たちの母校である第一高校でカウンセラーを務めていた小野遥だ。

懐かしいと言っても、それほど親しかったわけではない。それでも、久し振りに顔を合わせてお互いに無視できない程度の関係ではあった。

「お知り合いですか？」

日本語で交わされた会話に、シャーロットが訝しげな問いを挿む。

「ええ、我々が通っていた高校のカウンセラーをされていたんです」

その質問には、摩利が答えた。

「まあ！　でしたら部屋を提供しますので、お三方で少しお茶でも如何です？」

真由美と摩利に、レナが笑顔で旧交を温めるよう勧める。

「えっ、ですが……」

真由美が遼介に目を向ける。

「その間、私たちがミスター遠上の相手を務めます」

真由美の躊躇いを見て、シャーロットがこう提案した。

彼女の目的が、遼介が日本で得た情報の回収にあることは真由美にもすぐに分かった。

「そうですか。では、お言葉に甘えます」

その上で真由美はシャーロットの申し出を受けた。


「ミレディ、先程の女性は何者ですか？」

レナの執務室に移動して最初に口を開いたのは遼介だった。

「一般人のようでしたが、我々の仲間ではありませんよね？」

遼介が言う「一般人」とは無論、魔法資質非保有者のことだ。今の真由美ならば達也に倣って「多数派」と呼んでいるところだが、遼介は彼女ほど達也の影響を受けていない。

「警戒する必要はありませんよ」

シャーロットが遼介を宥める。彼が焦った口調で質問したのは、あの女性が組織に仇為す工作員である可能性を疑ったからだった。

「彼女は私立探偵のルカ・フィールズ。やはり偽名だったようですが、身許は確かです」

「探偵、ですか……？」

「ええ、私が捜査官時代に親しくしていた探偵事務所のメンバーです」

猜疑心を隠そうともしていなかった遼介だが、FBI時代の協力者から派遣されたと聞いて、取り敢えず態度の上では警戒感を引っ込めた。

「探偵の手を必要とするようなトラブルが発生しているのですか？」

「先日お話ししましたよね？　FAIRがシャスタ山で何事か企んでいる件です」

先日というのは、約一ヶ月前のこと。レナは「星気体投射」を使って伊豆にいた遼介の前に現れ、FAIRが構成員を派遣しようとしていると話した。

「FAIRの連中、何を仕出かしたんですか？　やはり狙いはレリック？」

「遺跡荒らしをしようとしているのは確実なようですが、目的が何なのかまでは分かりません。それを調べてもらう為に探偵を雇ったのです」

「遺跡荒らし！　明らかな犯罪ではないですか」

「あの一帯は国有地ですから、盗掘は犯罪ですね」

遼介の言葉にシャーロットが頷く。

「FAIRが法を犯している証拠を摑む為に十日ほど前から調査してもらっていたのですが、期待どおり何かを摑んだようです」

そしてシャーロットは、こう付け加えた。

「――ミレディ」

「……何ですか、遼介。そんな、思い詰めた顔をして」

レナは少し引き気味の笑顔で問い返した。

「私にも手伝わせてもらえませんか」

「シャスタ山のFAIRに対する監視をですか？」

遼介が力強く――力が入りすぎている表情で――頷いた。

「ダメです」

レナは迷う素振りもなく彼の申し出を却下した。

「何故ですか？」

口調を荒げこそしなかったが、遼介の声は低く、重かった。

「危険だからです」

レナは怯まず、実年齢に相応しい落ち着きを以てその問いに答える。

「ミズ・フィールズを雇う前に、ルイをシャスタ山に派遣したんです。ですが犯罪の証拠を摑む前に見付かって、負傷して戻ってきました。重傷ではありませんでしたが、軽い怪我でもありませんでした」

その時のことを思い出しているのだろう。レナの表情は強張っていた。

「ルイが？」

ルイ・ルーの戦闘力は遼介も良く知っている。戦い方によっては勝てない相手ではないが、総合力では間違いなく向こうが上。サブリーダーのルイ・ルーは遼介がそう認める男だった。

FAIRに対する調査を手伝いたいという申し出は、深い考えがあってのものではない。彼女の役に立ちたいという思いが昂じて短絡的にというか、発作的にというか、盲目的な使命感に取り憑かれたのだった。

驚きによってそれが多少なりと冷めたのだろう。遼介の顔から思い詰めた表情は薄れていた。

「それに遼介には、引き続きミスター司波とのパイプ役を務めて欲しいのです」

レナがそう告げた時、執務室の扉がノックされた。

レナが遼介の回答を待たず、「どうぞ」とノックに応える。

「ミズ七草たちがお話を終えられました」

扉を開けて部屋の外から報告したメンバーに「分かりました」と応えて、レナは見送りの為に立ち上がった。

遼介も間髪を容れず、レナに続いた。

「ミレディのご命令に従い、連絡役を務めます」

彼はレナにそう言って、この部屋に持ち込んでいた旅行鞄を手に取った。

真由美と摩利、そして遼介を送り出した後、レナはシャーロットを同席させて遥と会議室で向かい合った。

「……FAIRが盗掘を行っているのは間違いないのですね」

「こちらを御覧ください」

遥が数枚の写真をレナに渡す。撮影した動画から切り出した物だ。

そこにはピックハンマーで洞窟内の壁を掘っている男性の姿や、滝の裏から出てくる男女の姿、小さな石板を受け取るローラの姿などが写っていた。

「……シャーリー、どう思います？」

自分が見終わった写真をシャーロットに一枚一枚手渡していたレナが、最後の一枚を渡しながらシャーロットに訊ねる。

石板を見詰めるローラの写真を見ながら「告発には十分だと思います」とシャーロットは答

えた。

「……ただ、警察に告発するだけで済ませて良いのかという気はします」

そして、こう付け加える。

「その予定だったと思うのですが……シャーリーの言いたいことは分かります」

実はレナも、FAIR（フェア）の目的が気になっていた。

彼らが滝裏の洞窟から掘り出した埋蔵物は石板。目当ての物とは違ったようだが、メンバーがローラの所まで持って行ったということは、石板状の何かを手に入れようとしているに違いない。

一体それは何なのか。

石板自体にレリックとしての力が宿っているのか、それとも石板に書かれた知識に価値があるのか。

今回の映像証拠でローラ・シモンを一時的に拘束できるかもしれない。だが彼女はFAIR（フェア）のサブリーダー。組織にとって重要な人物なのは間違いないが、リーダーではない。彼女を逮捕させるだけでは、FAIR（フェア）の企みを挫くことにはならないだろう。

レナに予知能力は無い。だがこの時彼女は、確信に近い予感を覚えていた。

このままでは、とんでもないことになる……という予感を。

FEHR（フェール）が――自分が介入すれば、その「とんでもないこと」を予防できるという保証は無い。もしかしたら事態をさらに悪化させてしまうかもしれない。

だが破局を招く可能性があるのだとしても、FAIR（フェア）の策動を放置するべきではないとレナは決意した。

「監視を続行しますか？」

ちょうどそのタイミングで遥（はるか）がレナに今後の方針を訊（たず）ねる。

「御願（おねが）いします」

レナはそう答えて、隣に座るシャーロットに目を向けた。

「可能であれば、FAIR（フェア）が掘り出した本命を確保したいと思うのですが」

これは確保（＝横取り）の方針の是非を問い、是であれば誰を派遣すれば良いかという質問だ。

「……ルイに相談してみては如何（いかが）でしょう」

シャーロットの答えは確保方針にゴーサインを出し、その実行にサブリーダーのルイ・ルーを推薦するものだった。

「ルイはまだ怪我（けが）が治ったばかりですよ⁉」

「ですがミッションの性質を考えると、うちのメンバーの中で最も向いているのは彼です」

「……そうですね」

悩んだ末に、レナは頷（うなず）く。

そして彼女は再び遥(はるか)に目を向けた。

「ミズ・フィールズ。少しの間、シャーリーとこの部屋で待っていていただけますか」

遥(はるか)が「ええ、いいですよ」と頷(うなず)くのを待って、レナは席を立ち会議室を後にした。


レナは十五分ほどで会議室に姿を見せた。

戻ってきた彼女は、一人ではなかった。三十歳前後の黒人男性を伴っていた。

「ミズ・フィールズ、ご紹介します。当団体サブリーダーのルイ・ルーです」

レナの紹介の後お互いに名乗り合い、遥(はるか)とルイは握手を交わした。

「ミズ・フィールズ。今後の調査にはルイを同行させたいのですが、構わないでしょうか」

レナの申し出に、遥(はるか)は余り驚いていない。ルイを紹介された時点で、この展開を予想していたのだろう。

「一つだけ、条件があります」

この言葉も、あらかじめ準備されていたものに感じられた。

「仰(おっしゃ)ってください」

「逃走が必要になった場合、私は単独行動します。それでもよろしければ」

思いも寄らない条件に、レナとシャーロットが揃(そろ)って目を丸くする。

しかしルイだけは、平静を保っていた。

「足手纏(あしでまと)いは切り捨てるということですか？」

ルイのセリフに皮肉は無い。淡々と真意を確認する口調だ。

「私は自分一人ならば相手が何人いても、大量破壊兵器でも使われない限り逃げ延びることができます。その一方で、私には戦闘力がほとんどありません。自分以外の誰かを助ける力は無いのです」

「それが貴女(あなた)の能力ですか」

「私の特性です」

ルイに答える遥(はるか)の口調は、自嘲気味だった。

戦闘能力がほとんど無いというのは謙遜ではなく事実だ。彼女の能力の性質上、死角から密(ひそ)かに近付いて暗殺するというような真似(まね)ならできるだろう。そういう意味では、戦闘力は少なくとも皆無ではない。

しかし、多数の敵に包囲されている状況で味方を助けて脱出するような能力は持っていない。

自分は味方を見捨てて逃げることしかできない……。

これは遥(はるか)が日本から逃げ出す原因となった騒動の中で彼女が実際に味わった無力感であり、完治することのない心の傷だった。

重いトラウマを彼女の口調から感じ取ったからか、ルイだけでなくレナもシャーロットも遥(はるか)が出した条件をそれ以上掘り下げなかった。

「では、その条件で結構です」

ルイがそう答えたことで、彼の同行が決まった。

◇　◇　◇

その日の夜。ワシントン州フェアチャイルド空軍基地に日本からの輸送機が着陸した。

ランプ（タラップ）を降りてくる若い女性士官に、滑走路で待機していた軍人の目が集まる。確かに彼女は注目を集めるに相応しい華やかな容姿の持ち主だった。

しっかり纏められた髪は光量が不十分なライトの中でさえ金色に輝いている。これが太陽の下で、彼女が髪を下ろしていたなら、風に靡く金髪が燦然とした煌めきを放っていただろう。

彼女の魅力は、その豪華な金髪だけではなかった。サファイアブルーの瞳が一際目を惹く彼女の美貌は「絶世の美女」というフレーズが少しも大袈裟ではなかった。

非人間的なまでに整っている外見。にも拘わらず作り物じみて見えないのは、彼女からあふれ出す生気、活力、陽のオーラによるものだろう。人ではないとすれば人形などの人工物ではなく、戦女神か狩猟処女神の眷属に違いない。

その女性士官に、三十歳前後と思しき男性士官が駆け寄って敬礼する。

「総隊長殿、お久し振りです」

敬礼と共にそう告げる男性士官。

「久し振りですね、ハーディー。ただ、私はもう総隊長ではありませんよ」

男性士官、ラルフ・ハーディー・ミルファク大尉に、USNA連邦軍中佐の軍服を着たリーナが答礼しながらそう応えた。


「大尉に昇進したのですね」

ハーディー自らが運転する自走車が発進した直後、リーナは彼にそう話し掛けた。

「はい、御蔭様で」

ラルフ・ハーディー・ミルファクは、リーナが日本に亡命する直前まで総隊長を務めていたUSNA軍統合参謀本部直属魔法師部隊『スターズ』の恒星級隊員だった。部隊章を見る限り、今もスターズに所属しているようだ。

リーナのスターズ在籍当時は少尉だった。それがわずか三年で、大尉まで昇進したようだ。

彼女が亡命する原因となったパラサイトによる叛乱事件で、スターズに大勢の欠員が出たことはリーナも聞いている。ミルファクの昇進にはそれが影響しているのかもしれない。

もしそうなら、ミルファクの昇進は「リーナの御蔭」という要素があると言えなくもなかった。

「私は何もしていませんよ」

だがアメリカを脱出する際、彼に迷惑を掛けた自覚があるリーナは、本心からそう応えた。

「それより、こんな時間からバンクーバーに発つ便があるのですか？」

そして自分から振った話であるにも拘わらず、すぐに話題を変える。

彼女たちは今、空軍基地を出て最寄りの空港、スポケーン国際空港へ向かっていた。

時刻は午後八時を過ぎている。スポケーンまでは直線距離で五キロ程度しかないとはいえ、今から搭乗手続きとなると、離陸は午後九時近くになるだろう。

幾ら二十四時間体制の国際空港でも、こんな時間から飛ぶ旅客機はあるのだろうか。スポケーンからバンクーバーまでは、五百キロもない。国際線ではなく近距離国内線だからこそ、こんな時間から運航している出発便はあるのかとリーナは危惧したのだ。

「大丈夫です。最終便には十分間に合いますよ。出発が遅れるなんて日常的によくあることですからね」

「……まさかスターズともあろうものが、出発を遅らせる工作なんてしていないでしょうね？」

リーナに疑惑の眼差しを向けられたミルファクは笑っているだけだ。

リーナは呆れ顔でため息を吐いた。

バンクーバー空港の出口では、リーナと同じ年頃の女性士官が待っていた。

「ソフィア・スピカ少尉です」

　敬礼する彼女のことをミルファクが紹介する。

「彼女がゾーイの後任ですか……」

　スターズの恒星級隊員に任命された魔法師士官には星の名がコードネームとして与えられ、スターズを去るまでラストネームの代わりにコードネームで呼ばれる。

　リーナが日本に逃亡した時点の『スピカ』はゾーイという名の、やはり女性士官だった。

　ゾーイ・スピカ中尉はパラサイト化して叛乱に加わり、最期はパールアンドハーミーズ基地で光宣を襲って逆に焼き殺されている。リーナはその詳しい経緯まで知っているわけではない。ただゾーイ・スピカが滅ぼされたことは二〇九七年の夏、叛乱が終息していったん帰国した際に教えられていた。

「今年の春に着任したばかりですが、腕は確かです。バンクーバーでは主に彼女が総隊長、いえ、リーナのサポートを務めます」

「よろしくお願いします、中佐殿。ソフィアとお呼びください」

　ソフィアはリーナを「中佐殿」と呼んだ。これはリーナの除隊を表面的なものと強弁するUSNA連邦軍参謀本部が、リーナに対して一方的に中佐の階級を与えたことを反映している。

　現在のリーナは日本に帰化しており、正式な身分は日本国民で民間人の『東道理奈』なのだが、USNA連邦軍は彼女を『アンジェリーナ・クドウ・シールズ中佐』と記録している。

「こちらこそよろしく、ソフィア。私のことはリーナと呼んで、普通に話してくれると嬉しいのだけど」

暗に「本当は除隊しているのだから軍人扱いするな」という意図を込めてリーナはそう応えた。なお今回の入国に当たって彼女は、USNA連邦軍が用意した『リナ・ブルックス』の偽名を使用している。呼び名が「リーナ」でも取り敢えず不自然ではない。

「分かったわ、リーナ。私のことはフィフィで御願い」

若いだけに思考が柔軟なのだろう。ソフィアはリーナの希望どおりに態度を変えた。

リーナは空港に隣接するホテルで軍服を平服に着替えた。ソフィアも同様だ。

この部屋はミルファクが使い、リーナは別のホテルに移動することになっている。

部屋の中でミルファクといったん別れの挨拶を交わし、リーナはソフィアが運転する自走車で自分が泊まる宿へ向かった。そこは、真由美たちの宿泊先と同じホテルだった。

◇　◇　◇

渡米二日目、真由美は摩利を連れてバンクーバーの市内観光に繰り出すことになった。

FEHRの内部で相談する時間が欲しいというレナの要望により一日時間ができたので、時差ボケ解消を兼ねて街を歩いてみることにしたのである。

「遠上さん、今日はよろしくお願いします」

真由美にいい笑顔でそう言われて、遼介はこみ上げてくるため息を愛想笑いで誤魔化した。

四年間この街に住んでいた遼介は、観光ガイドの役に選ばれたのだった。

「え～と、何処か行きたいところはありますか」

「良く分からないからお任せします」

丸投げのリクエストに遼介は「だったら適当で良いか」と投げ遣りに考えた。


遼介は真由美と摩利をダウンタウンに連れて行った。深く考えるのが面倒臭かったので安直に思い付いた近場に案内したのだが、二人とも楽しんでいるようだ。

時差の所為かホテルを出た時間が遅かったので、もうランチタイムになっている。日曜日ということもあって観光客プラス地元の市民で通りはかなり賑わっていた。

「真由美、一休みしないか？」

ホテルを出る時にかなり遅めの朝食を摂っているのでまだ空腹になる時間ではないはずなのに、摩利がそんなことを言い出す。

「摩利、もうお腹が空いちゃったの？」

真由美の質問はからかう為に発したものではない。純粋な疑問から出たものだった。

「腹は減っていない」

「じゃあ、何故……？」

「あそこにしよう」

摩利は真由美の疑問に答えず、相談もせずに場所を決めた。

彼女が指差したのは通りに大きな窓で面している二階のカフェだった。

ダウンタウンを当てもなくブラブラしている真由美、摩利、遼介の三人を、目立たぬ外見に変身したリーナがソフィア・スピカと共に尾行していた。

尾行を開始して一時間。ようやく慣れてきたが、ソフィアの心の中で驚きは未だに消えていない。平凡な栗色の髪に茶色の瞳、整ってはいるが目立つほどではない、ある意味で平凡な顔立ち。おそらく、変に見た目が悪いより余程印象に残りにくいだろう。今のリーナはそんな容姿になっている。体格までは変わっていないが、到底同一人物には見えなかった。

（これが『シリウス』の特殊魔法［パレード］……）

ソフィアは初等学校の時に受けた最初の検査で魔法の素質を認められミドルスクール卒業後、スターズの養成機関である『スターライト』に入隊した。だから軍の情報部にも軍の外の情報機関にも所属したことはない。

だがその能力特性を鑑みて諜報分野の教育を重点的に施されている。その教育にはスターズの関連組織でなければ知り得ない、偽装工作用に有益な魔法に関する知識も含まれていた。

　ソフィアがリーナの［パレード］を知っていたのは、そのような理由による。しかし事前の知識があっても、自分の目の前で全くの別人となったリーナには驚く以外のリアクションが取れなかった。まさに「見ると聞くとは大違い」だ。

　一時的に姿を誤魔化す幻影魔法は他にもある。だがこんなに長時間維持できるものではない。それに虚像と動作に全くズレが感じられないというのも規格外だ。何処からどう見ても実像としか思われない。

「フィフィ、気付いてる？」

「尾行の三人のこと？」

　もっとも、驚きに心の一部を占領されているからといって、厳しい訓練で鍛えられた感覚が鈍ることはなかった。

「良かった。三人で間違っていなかったのね」

　二人が言っているのは先程から真由美たちの様子をうかがっている不審人物のことだ。

「不審人物」と言っても見た目におかしなところは無い。平凡な一般市民に見える。だが彼らの目は間違いなく真由美たちを追い掛けている。やっていることは不審者そのものだ。

「私たちのように尾行するのではなく、監視をリレーしているのね。三人一組でチームを作り、順番に先回りしているんだわ」

　リーナのリクエストどおり、ソフィアは友人と話す口調を使っている。年齢もソフィアが一歳上なだけの同年代。だから余計になのか、会ったばかりにも拘わらずお互いに抵抗は無いようだ。

「尾行なのに先回りしているの？　高等テクニックね」

「予算と人数が十分ならばそれほど難しくないわ。無線で連携すれば良いだけだし」

――話している内容は、年頃の女友達同士のお喋りとは思えないものだったが。

「HAPSカメラが使えればもっと簡単ね」

　HAPS（高高度基盤ステーション）は別名「成層圏プラットフォーム」とも呼ばれる高空中継基地のことで、通信機器を搭載した無人飛行船や無人航空機が使われている。高精細カメラを搭載したHAPSは軍事的価値が高い為、日本でもアメリカでも民間の所有が禁じられ軍を始めとする国家機関によって運営されている。

「あいつら、当局の人間ってこと？」

「リーナもそう思っているんでしょう？」

　リーナの質問に質問を返すことでソフィアは肯定の意を示す。

「連邦軍の所属じゃないわよね？」

　リーナもそれを真似した。

「情報部門が動いているという話は聞いてないわね。あの感じはFBIじゃないかしら」

「感じで分かるの？」

リーナが目を丸くして訊ねる。

「まあ、大体は」

ソフィアの口調に自慢のニュアンスは無かったが、表情は満更でもなさそうだ。若さというものだろう。

「すごいのね。でも、何故ＦＢＩがマユミたちをつけ回すのかしら？」

「何でだろう。何かの容疑者というわけでも証人というわけでもないはずだけど」

相手の素性に見当は付いても、彼らの行動理由までは分からない。

それをソフィアは素直に認めた。

「でも平和的な用件ではなさそうね……」

そう呟きながらリーナは「タツヤの懸念が的中したのかも」と考えていた。

メイジアン・ソサエティとＦＥＨＲの提携を進める為に渡米した真由美に対する、ＵＳＮＡ国内勢力の干渉に対処する。それが、リーナをＵＳＮＡに派遣した達也の目的だった。

「……ということがあったのですけど、何故ＦＢＩが出てくるのか調べられませんか？」

その日の夜、リーナはホテルの部屋でソフィアが持ち込んだスターズの無線電話機に話し掛けていた。音声が通話と同時に暗号化・復号化される機器で、暗号化した音声を非可聴高周波の音波に変換してＡＩで合成した当たり障りのない会話音声と同時に発信するシステムが組み込まれている。これによって通常のモバイル回線でも秘密が確保できる仕組みだ。

『分かりました。調べてみましょう』

通話の相手は現在のスターズ総司令官ベンジャミン・カノープス。今の彼はリーナがその任にあった総隊長の権限に加えて、基地総司令、スターダスト総指揮官、スターライト管理長官の権限を握っている。スターズに関わる全ての指揮権を集約した地位がスターズ総司令官だ。

『おそらく、この秋の大統領選絡みだと思いますが』

彼はリーナの依頼に応諾した後、自分の推測としてこう付け加えた。

「……何の関係があるのですか？」

リーナが訝しむのも無理はないだろう。いきなり大統領選挙まで話が広がるとは、彼女でなくとも思うまい。

『秋の大統領選挙はスペンサー国防長官とリベラ上院議員の争いになると予想されています』

「スペンサー長官の出馬は確実でしょうね。できれば彼に当選してもらいたいものです」

スペンサーは秘書のジェフリー・ジェームズ（通称ＪＪ）を通じて達也と繋がりがある。それも、かなり友好的な繋がりだ。スペンサーが大統領に当選したなら便宜を期待できる、というのは楽観的すぎるだろうが、少なくとも敵対的な工作を仕掛けられるリスクは減るだろう。

『連邦軍としても、本音ではそれを望んでいます』

ＵＳＮＡに限ったことではないが、軍は選挙に対して中立でなければならない。民主的な国家であれば、これは単なる理想論ではなく政治の危機に直結する切実な原則だ。だから良識ある軍人なら公の場で選挙に口出しはしない。

だが原則論とは別に国の組織である以上、政策には利害関係が生じる。利益を期待できる候補者を応援したくなるのは組織の論理として当然だし、またそれが人情でもある。スペンサー長官とリベラ議員とでは、スペンサーの方が軍にとって明らかに好ましかった。

『それはともかくとして、リベラ議員はＦＢＩに強い影響力を持っていると、もっぱらの噂なんですよ』

「政治家がＦＢＩに？　それって許されるのですか？」

連邦捜査局は政治家の汚職捜査も担当している。その性質上、他の情報機関以上に特定の政治家の影響力に左右されるのは問題であるはずだ。

『何事も理念どおりには行きません』

しかしカノープスの諦念混じりの口調に、自分が亡命しなければならなかった経緯をリーナは思い出した。

「……そうですね。話の腰を折ってごめんなさい。それで、リベラ議員はＦＢＩを使って何を企んでいるのだと思います？」

『企んでいるのは議員本人ではなく彼の選挙スタッフでしょう。具体的には、そうですね……』

電話の向こうでカノープスが考えている間、リーナは何も言わずに待った。

『二つほど思い付く可能性があります。一つはミズ七草に冤罪を仕掛けること。ＦＢＩの所管業務を考えれば、軽犯罪で無理矢理逮捕というのは難しいでしょう』

ＦＢＩが担当する事件は州を跨がる広域犯罪、誘拐、強盗などの凶悪犯罪、テロやスパイなどの治安維持に関わる事件、政治家の犯罪などで、今世紀を通して変わっていない。

カノープスが言うような軽犯罪は地方警察の管轄だ。リーナは「そうですね」と頷きながら相槌を打った。

『もう一つはミズ七草を拉致監禁してミスター司波との取引に使うことです』

「拉致監禁!?　誘拐ってことですか？　ＦＢＩが!?」

『ＦＢＩは誘拐捜査の専門家です。裏を返せば、彼らほど誘拐の手口を知り尽くしている者はいないでしょう』

「……そんなことをして、何のメリットがあるのでしょうか？」

政府組織が必ずしも遵法精神を持ち合わせていないということをスターズでの経験からリーナは知っていた。しかし誘拐犯を逮捕する警察組織が誘拐を企てるというのは、あまりにも馬鹿げていると彼女は感じた。

軍や情報機関が法を逸脱するのは、通常の——平時の、と言い換えても良い——法の範囲内では達成できない目的と利益があるからだ。それに対してFBIは——彼らを使嗾する選挙スタッフは、真由美を誘拐することで一体どのようなメリットを得られるというのだろうか。

『一般選挙民には知られていませんが、政界ではミスター司波とのコネクションがスペンサー長官の大きな武器になっていると見られているのです』

「タツヤにはステイツの政治に干渉する意志なんてありませんよ？」

リーナは「無いと思う」ではなく「無い」と言い切った。自分では意識していないが、それくらいは達也のことを理解しているという自負が彼女の中には住み着いていた。

『ミスター司波を脅威と見做している政治家がそれだけ多いということですよ。喩えは良くありませんが、大量破壊兵器を所有する独裁者とのコネクションと同じです』

「ええとつまり……タツヤから譲歩を引き出したり、ソサエティとFEHRの提携を妨害したりすること自体が目的ではない？　タツヤとの関係を悪化させることで国防長官のストロングポイントを一つ奪い取ろうとしている、ということですか？」

『奪い取るというより、壊そうとしているのでしょう』

真由美を派遣するに当たって達也は、スペンサーの庇護を当てにしていない。自分を送り出したのがその何よりの証拠だと、リーナは理解している。

だから真由美に何かあっても、達也のスペンサーに対するスタンスは多分変わらない。リベラ陣営のスタッフがやっていることは全くの的外れであり無駄働きだとリーナは思った。

「面倒なことを」

苛立ちがリーナの中で沸き上がる。腹が立つのは、リベラのスタッフの企みが無意味であってもそれを阻止しないわけにはいかないという点だった。

意味の無い陰謀の阻止。こんなに無駄で余計な仕事があるだろうか。

それでも放置はできない。

見て見ぬふりは、立場上できない。

リーナは空いている方の手で額を押さえた。

「ベン……。とにかく、調べてみてもらえませんか」

『了解です、リーナ』

気の所為か、カノープスの声には同情の成分が含まれていた。

「ただいま」

「お帰りなさい、フィフィ」

カノープスとの電話が終わった後、約一時間ほど経ってソフィアが部屋に戻ってきた。

「異状無かった？」

「ホテルの中に変な奴はいなかったわよ」

ソフィアは夜遊びをしていたのではない。昼間に見掛けた連中が悪さを仕掛けてこないかどうか偵察してきたのだった。

「念の為『アラーム』を仕掛けてきたからホテルにいる限り大丈夫だと思う」

スターズの恒星級隊員の選定は直接的な戦闘力を基準にして行われているが、彼女は打撃力だけでなく諜報分野、中でも防諜に適した特殊な魔法の遣い手でもあった。

その魔法の名は［テンタクルス］。遠隔・同時性のサイコメトリとでも呼ぶべき無系統魔法で、設置した想子情報体の「陣」に人間が触れると、想子同士の干渉でその人間の想子体外皮の情報が術者に伝わるという仕組みの魔法だ。

侵入者を感知しその想子パターンまで識別する便利で高度な魔法だが、ソフィアがこの魔法を自慢することは余りない。原因は［テンタクルス］という名称だ。開発者は「触毛」や「触角」の意味で［テンタクルス］と名付けたのだが、この語には『触手』という意味もある。「触手を使う女」扱いされるのが嫌なので、ソフィア自身は［テンタクルス］を「アラーム」と言い換えている。

「えっと、その『アラーム』って魔法よね？　それは、眠っている間も維持できるの？」

ソフィアはリーナがスターズを抜けた後に採用された隊員だ。ソフィアに何ができて何ができないのか、リーナはまだ知らない。

「大丈夫よ。慣れているから」

彼女にできないことが分からないから、その言葉を信用してリーナは休むことにした。

その頃、真由美と摩利もベッドに入ろうとしていた。

彼女たちは同じ部屋だ。——無論、遼介とは部屋を分けている。

「真由美、ライトを消すぞ」

「ええ、良いわよ」

ベッドに座っている真由美の返事を待って、摩利がルームライトを消した。

ベッドサイドライトの弱い光は部屋の隅まで届かない。だが摩利は暗い中を危なげなくベッドまでたどり着いた。

「摩利」

ベッドに横たわった真由美が、同じように横になった摩利に話し掛ける。

「昼間のあれは何だったの？」

真由美の質問に摩利は、「あれとは何だ」とは問い返さなかった。

「あれ、というのは二階のカフェで一休みした時のことか？」

もしかしたら訊かれるのを予期していたのかもしれない。

「ええ、それ。まさか本当に疲れてたなんてことはないんでしょう？」

「もちろん違う。ヒントは通りの様子が分かりやすい二階席だ」

「クイズなんて要らないんだけど……。ストーカーでもいたの？」

「ストーカーってお前……。いや、言葉の意味は合っている、のか？」

「えっ、ホントにストーカーがいたの!?」

真由美が勢い良く身体を起こす。

「ストーカーというか、尾行だな」

摩利は横になったまま、対照的に落ち着いた声で答えた。

「あたしが確認できたのは二人だが、多分他にもいただろう。チームを組んでリレーであたしたちを見張っていたようだ」

「そんな、落ち着いている場合!?」

裏返った声で真由美が叫ぶ。

「落ち着かなければならない場合だ」

「――――っ」

しかし摩利の回答で、真由美はそれ以上の悲鳴を呑み込んだ。

「心配するな。夜襲対応は十分な訓練を受けている。対人センサーとガスセンサーも設置済みだ」

「いつの間に……」

「真由美がシャワーを浴びている間に、だな。だから安心して休んでくれ」

「でも……」

「ただ、あたしは何時でも起きられるように浅い睡眠しか取れないから、日中は百パーセントのパフォーマンスを発揮できないだろう。真由美まで寝不足の状態だと不測の事態に対応しきれないかもしれない」

「……分かったわ。日中は自分で何とかするから夜は御願い」

「ああ、頼む」

摩利が目を閉じたのが気配で伝わってきた。

真由美も再び横になる。

色々と気になることはあったが、雑念を意識から無理矢理追い出して真由美は何も考えないようにした。

普通の人間ならば、思考を止めようとしても上手く行かない。余計に脈絡のないことを考えてしまうものだ。

だが真由美たち魔法師は意識の状態、自分の精神の状態を制御するトレーニングを積んでいる。頭を空っぽに保っている内に、彼女は深い眠りに落ちた。

【3】陰謀

バンクーバー現地時間、六月二十八日午前一時。

「リーナ、来たわよ。起きて」

ソフィアに声を掛けられただけで、リーナはベッドから身体を起こした。

「本当に来たのね」

呆れ声に眠気は含まれていない。彼女はベッド脇に並べておいた靴に足を入れてスッと立ち上がった。

「捕まえる？　それとも追い払う？」

同じように立ち上がったソフィアが対処を問う。彼女はリーナが寝惚けたりせず速やかに戦闘態勢へ移行していることに、疑問を覚えている様子は無い。ソフィアにとってリーナは、スターズの前『シリウス』。リーナが軍人らしくしっかり振る舞うのは、ソフィアにとって当然だった。

……多分、日本の友人たちが今のリーナを見たら、瞼をこすって目を向け直すに違いない。

「残念だけど、訊問の道具も閉じ込めておく場所も今は用意できていない。捕まえるには準備が不足しているわね。追い払いましょう」

ソフィアの問い掛けに対する判断も至極真っ当なものだった。

「了解」

真っ当であるから、反対意見も出ない。

「私が先行します。リーナはバックアップを」

ソフィアがどんな戦闘魔法師なのかリーナは知らない。だが少なくとも、一等星のコードを与えられている実力者だ。

「任せます。気を付けて」

諜報技能は無いが、［パレード］を持つリーナは隠密行動を案外得意としている。しかしここはひとまず、彼女に任せてみることにした。

ソフィアは「アラーム」――対人感知魔法［テンタクルス］を廊下、エレベーターホール、非常階段に仕掛けた。侵入者を捉えたのは非常階段の「アラーム」だ。

二人が滞在しているのは真由美たちの部屋があるフロアの一つ上の階。

曲者は上から下りてくる。

そこでソフィアはすぐ下の踊り場、リーナは下の階の扉の所で侵入者を待ち構えることにした。相手がルートを分けて襲ってきた場合に備えるフォーメーションだ。もっとも、ソフィアが下の階に設置した「アラーム」には今のところ反応が無い。敵は上から来ると見て良い。リーナはそう考えた。

ソフィアがハンドサインで上を指す。

どうやら敵が迫っているようだ。

また、敵はやはり上からしかやって来ないようだった。

いつでもフォローに入れるよう、リーナはソフィアと彼女がいる踊り場から上の階に続く階段を視界に収める。ソフィアにも注意を割いていたから、彼女がポケットから何か小さな物を取りだしたのにリーナはすぐ気が付いた。

コインよりも小さな、指で摘まめる程の大きさ。

（錠剤……？）

暗くてはっきりとは見えなかったが、おそらく白っぽい錠剤だ。

足音を殺して駆け下りてきた人影が視界に入った瞬間、ソフィアは錠剤らしき物を右手の親指で弾いた。

その人影が暗闇の中で仰け反ったのが、辛うじて見えた。その直後、曲者は足をもつれさせ階段を滑り落ちた。

上から動揺している気配が伝わってくる。その気配は動きを止めていた。仲間のところに駆け寄らないのは、二の舞を恐れてのことか。

ソフィアがリーナの側へ下りてくる。

彼女は手振りで非常階段から廊下へ出るよう提案した。

頷いたリーナが消音の魔法を行使する。

二人は音も無く扉を開け、非常階段を後にした。

「侵入者はまだ残っているけど？」

今度は遮音の魔法壁を自分たちの周りに展開し、リーナはソフィアに問い掛けた。

「全員を倒してしまったら、そいつらの身体を持って帰る人手が無くなってしまうでしょう」

「襲撃の痕跡を残さない為に、態と一人だけしか倒さなかったの？」

「そういうこと。向こうも自分たちのやっていることを知られたくないだろうし」

なる程、とリーナは思った。

「……ところで、さっき指で弾いたのは何？」

謎が一つ解消して、次の疑問が頭をもたげる。

「んっ？　これ」

ソフィアが先程と同じポケットから何かの平たい粒を取り出す。

それはさっき思ったとおり、やや大きめの錠剤だった。

「それは？」

「鼻から吸い込むタイプの合成麻薬の粉を固めた物。これを魔法で飛ばして、敵の鼻先で粉に戻すの。毒性が強いからこの量で急性中毒を引き起こせるわ」

「あの男が転んだのはその所為なのね」

「倒れた仲間を放っておいたら麻薬使用の現行犯で逮捕されるからね。自分では動けない身体を頑張って持ち帰ると思うよ」

真面目な口調で解説しているソフィアだが、その口角がわずかに上がっている。抑えきれない無意識の微笑は、「ニヤッ……」という感じの愉快犯的な笑みだった。

あくどい、とリーナは思った。

だがこれくらい性格が悪くないと諜報工作任務は果たせないのかもしれない。

そういう意味では頼もしい、のかな？　とも彼女は思った。

しばらくしてリーナが自分たちの部屋へ戻る為に使った非常階段に、襲撃者の姿は無かった。

◇◇◇

六月二十八日午後、旧カナダ領バンクーバー。真由美は摩利と遼介を連れて、再びレナに面会していた。

「ミズ七草、時差には慣れましたか？」

「ええ、大丈夫です」

真由美は言うに及ばず、摩利にも睡眠が不足している形跡は全く無かった。予想に反して寝ている間に誰も押し掛けて来ず、途中で起こされなかった御蔭だ。——部屋の外で何が起こっていたのか真由美も摩利も知らないし、別の部屋で寝ていた遼介も気付いていない。

「お申し出の件ですが」

レナはそれだけで前置きを終わらせて本題に入った。

「メイジアン・ソサエティとの提携は私共にとっても大変ありがたいお話です。細かい条件を詰める必要はありますが、成立の方向でお話しさせていただきたいと思います」

「承知しました」

レナの言葉に真由美が一礼する。

表面的にはこれでもう、彼女がアメリカに派遣された用件は終わりだ。

しかしそれでは芸が無いと思ったのか。

「もしお差し支え無ければ、懸念される材料について簡単にでも教えてくださいませんか」

真由美はレナに、こう訊ねた。

「……ご存じかもしれませんが、私たちはFAIRという団体と対立関係にあります」

レナは短い躊躇の後、その問い掛けに応じた。

FAIRはメンバーから逮捕者こそ出していないものの、元メンバーの犯罪は日本で捕まった『ジェイナス』の二人だけではない。そんな組織と関わりがあるというだけで——それが対立関係であっても――ＦＥＨＲにも後ろ暗いところがあるのではないかと考える者は少なくない。それが世間というものだ。

あの司波達也が寄越した使者がその程度のことで拒否反応を示すとは、レナも考えていない。だがＦＥＨＲ自身も、犯罪行為ではないとはいえＦＡＩＲ相手にスパイじみた真似を繰り広げているのは事実。初対面が二日前で、これで会うのがまだ二度目の相手に、気軽に打ち明けられる話ではなかった。

「いえ、存じませんでした。対立関係とは、どの程度の？　私共のように、盗みに入られたりしているのでしょうか？」

真由美の応えはレナの予想の斜め上どころではなく、彼女の想定から大きく外れていた。

そして真由美の隣では、遼介も驚きを隠せずにいた。

「……窃盗の被害に遭われたのですか？」

「いえ、未遂です。『ジェイナス』とかいう二人組に押し入られたのですが、何とか撃退できました」

「……そうでしたか。取り敢えず、被害が無くて何よりです」

レナも遼介も、ＦＡＩＲの元メンバーであるジェイナスがレリック目的で恒星炉プラントとＦＬＴに押し入ったことは知っている。遼介に至っては事件の当事者だ。

二人が驚いているのは事件それ自体についてではなかった。二人とも、真由美がジェイナスの素性を知っているとは思っていなかったのだ。

タネを明かせば、そんなに意外な話でもない。

確かにジェイナスの捕縛に真由美は関わっていない。彼女は遼介と共にあの二人組を撃退しただけで、追い込んだのは黒羽家の姉弟、実際に捕らえたのは達也と深雪、そしてリーナだ。だが真由美は日本魔法界において四葉家と並び称される七草家の長女。彼女が関係した事件について、七草家が調べないはずはない。この件については四葉家もそれほど熱心に隠蔽しようとはしなかった。捕縛の経緯までは分からなくても、真由美が戦った魔法師犯罪者の大体の素性くらいは突き止められたのだった。

「あの様な経緯がありますから、FAIRと対立関係にあるというなら私たちもそうです。非合法な武力闘争を繰り広げているとかでない限り、提携の障碍にはならないと思います」

「非合法の抗争など、滅相もありません。誓って申し上げますが、私たちFEHRは自衛目的を除いて実力行使は致しません」

「ならば問題ありませんよ」

真由美はにこやかにそう応えた。「自衛」は往々にして暴力の言い訳になる。それを重々承知した上での笑顔だった。

◇◇◇

助手席側の窓ガラスを叩く音にリーナが顔を向けると、そこには彼女に向かって会釈をするミルファク大尉が立っていた。

運転席のリーナが自走車のロックを解除する。

ミルファクはするりと助手席に滑り込んだ。

「良く分かりましたね」

リーナの問い掛けには「良くここにいるのが分かりましたね」と「よく私だと分かりましたね」の二つの意味があった。この車はソフィアが借りてきたレンタカー。そしてリーナは今、パレードを使って別人に姿を変えている。

「スピカ少尉から車のナンバーを聞きました」

「なる程」

「ところで、そのスピカ少尉は何処に？」

納得したリーナに、今度はミルファクが訊ねた。

「昨晩のような連中が辺りに潜んでいないか、チェックしに行っています。もうすぐ戻ってくるはずです」

図ったようなタイミングでソフィアが建物の陰から姿を見せた。両手にテイクアウト用のカップを持ち、早すぎず遅すぎない足取りで歩いてくる。彼女の姿は、まるで地元の住人のように、辺りの景色に溶け込んでいた。

ソフィアが車の横に立つ。

リーナは窓を開けてドリンクを受け取った。

「運転、替わろうか？」

「いいえ、結構よ」

リーナの答えにソフィアは少しも躊躇わず、後部座席のドアを開けてリーナの後ろに座った。

「フィフィ、どうだった？」

リーナは先に、ソフィアに報告を求めた。

「昨夜の連中を含めて、辺りに怪しい人影は無し。目立つのは避けたいんじゃないかしら」

「じゃあ昨日の夜みたいに？」

「そうとも限らないわ。ディナーの時に襲ってくるかもしれない。人混みに紛れるのも、目立たない為の手口だから」

ソフィアの意見に、リーナが少しの間考え込む。

「……とにかく、ここで襲われることは無いとフィフィは考えているのね」

「ええ。完全に目を離してしまうのは危険かもしれないけど」

「ここの見張りは私の方で引き継ぎましょう」

ソフィアのセリフを受けたのはミルファクだった。

「貴女たちが発見した連中は、調査した結果ＦＢＩの非合法工作員と確認できました」

「身元が分かったのですか？」

「いえ、そこまでは」

リーナの問い掛けに対して、ミルファクは残念そうに首を横に振った。

「ただＦＢＩが工作員を動かしているのは確かです。狙いもミスター司波が送り込んできた日本人の拉致で間違いないでしょう」

ミルファクの言葉に、リーナもソフィアも驚かない。ただ「やはりそうだったか」と思うだけだ。……なお余談だが、スターズ恒星級隊員たちの間では達也のことを敬意と畏怖を込めて「ミスター」付きで呼ぶのが慣習になっていた。

「このことには国防長官のスタッフだけでなく、参謀本部も危機感を覚えています」

その気持ちはリーナにも理解できる。

「それは、そうでしょうね。タツヤとの関係を無用に荒立てたくはないでしょうから」

「そのとおりです」

ミルファクが推測ではなく断言したのは、まさに今リーナが口にしたことを参謀本部の意向としてカノープス経由で聞いていたからだった。

「ですから今回の件では、国防情報局(DIA)から人員を貸してもらえることになりました。精鋭とは言えませんが、人数を必要とする監視任務なら役に立ちます」

ミルファクは高レベルの魔法師(メイジスト)にありがちな非魔法師(マジョリティ)を侮(あなど)る悪弊に染まっていない。DIAから派遣された人員は真に実力で評価して、二線級以下ばかりなのだろう。

だがこれも彼の言うとおり、人数は使い方さえ誤らなければそれだけで有効な武器になる。

「分かりました。ここはお任せします」

ミルファクが自走車を降り、ソフィアが助手席に移動する。

リーナはホテルに向けて、車を発進させた。

◇◇◇

いったん戻ったホテルの部屋で、アイスカフェオレのグラスを前にリーナが物思いに耽(ふけ)っている。

「リーナ、何を考えているの?」

グラスの氷がすっかり溶けてしまう程の間その状態が続いたので、ソフィアはさすがに訝(いぶか)しく思った。

「うん?　ああ、ごめんなさい」

リーナがわずかに躊躇を見せる。それは、何を考えていたのか打ち明けるか誤魔化すか迷った為のものだった。

「今の仕事とは直接関係ないのだけど……FAIRの狙いが何なのか気になっちゃって」

彼女は結局、打ち明ける方を選んだ。

「確か、日本では人造レリックを盗み出そうとしたんだよね？」

「ええ。その後に起こったレリックの発掘現場襲撃も、FAIRの依頼だったことが判明しているわ」

正直に話したのは、袋小路に迷い込んだ思考の出口を会話に求めたからだ。議論ではなく雑談程度からでも、思い掛けない道筋が見えてくることがある。

「それならやはり、レリック狙いじゃないの？　非魔法師との闘争を掲げている組織なんだから、魔法兵器を欲しがっているんじゃない？」

FAIRの正式名称、『Fighters Against Inferior Race（劣等種に対して戦う者たち）』は公表されているものではないが、調べ上げるのは難しくない。公権力が無くても、探偵やジャーナリストのノウハウを持っていれば突き止められる。それが社会的な問題になっていないのは、単に興味を持つ者が少ないからだ。

「私もそう思っていたけど……何か、腑に落ちない」

「まあ、魔法式保存のレリックなんて物が、そうそう都合良く埋まっているとも思えないけど」

「仮に同じ性質のレリックが発掘されたとしても、一個や二個じゃ戦力にならないわ」

「ミスター司波と同じように、見付けた物を複製しようと考えているんじゃない？」

ソフィアの意見はおそらく正しい。

「そう簡単にいくかしら？」

だがリーナが引っ掛かっているのは、まさにその点だった。

「レリックが発見されたのは、別に日本だけじゃない。各国の古代遺跡周辺で発掘されているし、ステイツでもサーペント・マウンドの下の地層から見付かっているわ。効果は魔法式保存じゃないけど」

サーペント・マウンドはオハイオ州にある墳丘墓と考えられている巨大な盛り土の遺跡だ。何時、何者によって、何の為に造成されたか詳細は分かっていない。千年前の物とも二千年前の物とも言われているし、一万年以上前の物という説を唱える者もいる。

つまり素性が現代に伝わっていない、史実としての記録が無い遺跡ということ。レリックが発見されるのはそのような遺跡の近くか、神話や伝説の痕跡が残る土地の近辺だった。

「レリックの研究はもう十年以上前から幾つもの国で進められてきた。このステイツでも、多くの人材と資金が投入されていると聞くわ。でも、複製に成功したのはタツヤだけ。量産化については言うまでも無い」

「オリジナルが見付かっても武器への転用は簡単じゃないとリーナは言いたいのね」

ソフィアの言葉にリーナが頷(うなず)く。

「そんなことはＦＡＩＲ(フェア)の連中にだって分かっているはずだわ」

そしてこう付け加えた。

「レリックの複製ではない狙いがあると？」

「何だか嫌な予感がするのよね……」

ソフィアの問い掛けには直接答えず、リーナは独り言のように呟(つぶや)いた。

◇　◇　◇

六月二十八日の午後六時過ぎ。

「遅くまでお引き留めして申し訳ございません」

「いえ、こちらこそ長々と居座ってしまって……。お忙しかったのではありませんか」

ＦＥＨＲ(フェール)本部のエントランスでは、レナと真由美(まゆみ)がペコペコと頭を下げ合っていた。理由は二人が口にしたとおり。面談が予定より遥かに長引いた所為(せい)だ。

どちらが悪い、ということではない。レナは真由美(まゆみ)が知っている達也(たつや)のエピソードを聞きたがったし、真由美(まゆみ)はレナがＦＥＨＲ(フェール)を結成するに至った経緯に強く興味を示した。要するに、話を長引かせたのはお互い様だった。

そしてこの二人はまだ、話し足りない様子だ。話題が尽きないというより、意気投合して離れがたくなっているのだろう。

実年齢は真由美(まゆみ)が二〇七七年十二月生まれの二十二歳、レナが二〇七〇年六月生まれでつい先日誕生日を迎えたばかりの三十歳。レナの方が八歳も年上だが、外見は真由美(まゆみ)が年相応に対してレナは十六、七歳にしか見えないと逆転している。

その相乗効果というわけでもないだろうが、二人の間には年齢差を感じさせない親密な空気が形成されていた。

「真由美(まゆみ)」

レナが真由美(まゆみ)を名前で呼ぶ。二人の会話は英語によるもの、呼び捨てのニュアンスは日本語の会話と同じではない。だが苗字(ファミリーネーム)で呼ぶより親しみが込められているのは間違いない。

「よろしければ今日は夕食をご一緒しませんか?」

「ええ、レナ。喜んで」

その点は真由美(まゆみ)も同じだった。

「良かった」

少女のような笑顔でレナが喜びを表す。

「シャーリー、何が良(い)いでしょう?」

「そうですね、プーティンなんてどうですか」

苦笑気味の笑顔でレナに答えたシャーロットが、真由美に目を向ける。

「ミズ七草。プーティンはもう召し上がりましたか？」

「プーティン？　いえ、まだです」

「そうですか。ファストフード店でも出している庶民的な料理ですが、カナダ地区の名物料理の一つですので話の種に一度召し上がってみたら良いと思いますよ」

「そうですね、是非」

昨日は「せっかくの海外旅行だから」とファストフード的な料理は避けていた。だが地元民お勧めの名物料理ということであれば真由美としても味わう機会を逃したくなかった。

真由美の答えを受けて、シャーロットが電話を掛け始める。二件目の電話を切って、彼女はレナに顔を向けた。

「レナ、ウエストエンドのレストランに十九時の予約が取れました」

「今からだと、ちょうど良い時間じゃないでしょうか」

レナと真由美、摩利、遼介、シャーロットの五人はすぐに車に乗り込んだ。

◇◇◇

午後六時半前、ホテルで待機したリーナの許にミルファクから着信があった。

『リーナ、ミズ七草一行がレナ・フェールと共に自走車でFEHRの本部を離れました』

「レナ・フェールと一緒に？」

訝しげに問い返しながら、リーナは「マユミってそんなにコミュ力高かったかしら」と、結構失礼かもしれないことを考えた。

しかしこのセリフに、質問としての本質的な意味はない。

「何処に向かったか分かりますか」

すぐに問い掛けの内容を変更した。

『ウエストエンド方面だと思います』

「今の時間からだと、レナ・フェールがディナーに誘ったんですかね……？」

スピーカーモードで通話しているので、内容はソフィアも聞いている。

リーナの推測に、ソフィアが無言で頷き賛意を示した。

『おそらく、仰るとおりでしょう』

ミルファクもこの推測に同意する。

『行き先が判明したらすぐに連絡します』

「お願いします。私たちもウエストエンドに向かいますので」

『了解です。リーナ、お気を付けて』

通話が切れる。

それと同時にソフィアが立ち上がり、テーブルの上に置かれていたレンタカーのキーを手に取った。

「行きましょう、リーナ」

「ええ、了解よ」

まるで競うようにキーを取ったソフィアの意図に少し悩みながら、リーナも立ち上がった。

◇◇◇

フライドポテトにソースを掛けてチーズを載せ、肉や野菜や卵やキノコをトッピングするカナダ料理――由来からすればケベック料理と言うべきかもしれない――プーティンは、真由美よりも摩利に好評だった。

と言っても、真由美も摩利に負けないくらいの量を食べたが。

「はぁ～、お腹いっぱい」

「あれだけ詰め込めばな……」

店を出てすぐ満足げな声を上げた真由美に、摩利の呆れ声が飛んだ。

「気に入っていただけたようで、地元の人間としては嬉しいです」

レナが裏表のない笑顔を向ける。

「ファストフードと聞いていましたのでディナーには物足りないかと思いましたが、とんだ考え違いでした」

元々のプーティンはソースとチーズだけで、ファストフード店で売っているのはその形式のB級グルメだ。だから真由美の考えも、勘違いとは言えない。

「あの店は特にトッピングの種類が豊富でしたから」

ただレナが言うように、あのレストランのグレードが高かったというだけの話だった。

「ホテルまでお送りしますが」

「いえ、ミズ・ギャグノンに飲酒運転をさせるわけには参りませんから。タクシーを呼びますよ」

車で送るというシャーロットの申し出を、真由美がやんわり辞退する。

「酔うほど呑んではいないのですけど」

実際にシャーロットが摂取したアルコールは、法的に飲酒運転にならない量でしかない。USNAで暮らしていた遼介のみならず、摩利も「あの程度なら構わないのではないか」と思っていた。

だが真由美は「呑んだら乗るな」に関して潔癖だった。何か飲酒に苦い思い出でもあるのか、片道送迎を断るだけでなくシャーロットにも、余り強い口調ではなかったが、「タクシーを呼んだ方が良いのでは」と勧めた程だ。

「分かりました。ではせめてお見送りさせてください」

真由美の柔らかな態度の中に頑固なポリシーを感じ取ったレナが妥協案を出す。

「……恐れ入ります」

真由美が先に帰って欲しいと言わなかったのは、シャーロットの酔いを覚ます為にはすぐに運転するより少し時間をおいた方が良いと考えたからだった。

「では邪魔にならない所で待ちましょう。遼介、タクシーを呼んでもらえませんか」

「はい、ミレディ」

嬉しそうに頷く遼介ににっこりと笑みを返して、レナが先頭に立って歩き始める。

忠犬の如く張り切ってレナの指示を履行する遼介に、真由美は少し目を細めた。

彼女の表情は、笑顔とも不満顔とも取れるものだった。

レストランの駐車場の、端の方へ歩いて行くレナたち五人を、やや離れた所に停めた自走車の中からリーナとソフィアが観察していた。

「私、何をしているのかしら……」

不意にリーナが、車の助手席でぼやく。

「どうしたの、いきなり」

ソフィアが驚きもせず、何となく面白がっているような声音で訊ねた。

「マユミのことを私が見守っている必要、あるの？　敵が何十人もいるならともかく、ＦＢＩだってそんなに派手な真似はできないんでしょう？　ＤＩＡが動いているなら、任せちゃって良いんじゃない？」

「つまりリーナは飽きたのよね？」

「違うわよ」

リーナは噛んだり叫んだりこそしなかったが、目が泳いでいた。

「まあ、リーナの言うとおりだと思うわよ」

ソフィアは追い打ちを掛けるのではなく、リーナの意見に賛同を表明した。

「えっ？」

ソフィアの思い掛けないセリフに、間の抜けた声がリーナの口から漏れる。

「態々リーナが自分から張り込みなんてしなくても、私たちはＦＢＩの暴挙を阻止すべく動いていたでしょうね。ミズ七草がミスター司波の関係者という点を度外視しても、ステイツを訪れた罪も無い民間人を政府機関が襲うなんて国の恥だもの」

「それは……そうでしょうね」

リーナが共感したのは「国の恥」の部分だ。同行している摩利については、日本の軍人だということをリーナは知っている。ソフィアも知っているだろう。摩利は入国に当たって、身分を隠していない。

そして摩利は作戦行動中でないのは無論のこと、間諜として活動中でもなければ破壊工作に従事しているわけでもない。法令に反して危害を加えてはならないという点は、真由美と同様だった。

要するにＦＢＩとその背後にいる者たちは、法を無視することでＵＳＮＡの権威に泥を塗っているのだ。リーナは既に軍人ではないつもりだが、ソフィアたちと同じでそのように感じて、憤りを覚えていた。リーナがこの件を他人任せにしていないのは、それ故だった。

「……やっぱり、このまま続けることにする」

リーナは真由美たちに視線を固定したまま――ソフィアの顔を見ないようにして――、そう言った。

そんなリーナを、ソフィアは「可愛いなぁ」という目で見詰めていた。


見張りを続けて約五分。状況が動いた。

暗色に塗装された一台のワゴン車が駐車場に侵入し、真由美たちの許へ近付いていく。ワゴン車の側面には無人タクシーであることを示すマークが描かれている。

ちょうど辺りに人影が無くなっていた。警戒を強めるリーナとソフィア。彼女たちはこのタイミングを偶然で片付けたりはしない。明らかに作為的なものと判断した。

無人タクシーであるにも拘わらず中に人影が見えるのは、普通に考えればここまで客を乗せてきたのだろう。

「ソフィア」

「何時でも行けます」

リーナの引き締まった声に、ソフィアが上官に対する口調で応えた。

「来たのかな……?」

駐車場に入ってきたトールワゴンタイプのタクシーを見て真由美が呟く。中には四つの人影があったが、このレストランの利用客だろうと彼女は考えていた。

「真由美！」

しかしいきなり摩利に腕を引かれ、真由美は彼女の背中にかばわれる。

同時に遼介は、レナのすぐ前に立って身構えた。

二人の行動は、レストランのエントランスに止まるはずの自走車が彼女たちの方へ近付いてきたからだ。

「怪しい」と感じた二人の直感は正しかった。

停車すると同時に、ワゴン車の中から男たちが飛び出す。

彼らは特殊警棒のような得物で武装していた。

一人が摩利に打ち掛かる。

摩利は左手を上げて、警棒状の武器を前腕部で受けた。

短い放電音が夜の空気を切り裂く。

男たちの武器は単なる警棒ではなく、放電機能を備えたスタンバトンだった。

しかし電撃を受けたはずの摩利は少しもダメージを負った素振りを見せず、前蹴りで男に反撃した。

男は自ら退くことで、蹴りのダメージを和らげる。

「摩利!?」

「問題無い」

心配する真由美の声に、摩利は前を向いたまま応える。説明する余裕は状況的に無かったが、今日一度も脱がなかったサマージャケットに隠されている摩利の腕には左右とも、前腕部と上腕部にプロテクターが取り付けられていた。衝撃に反応して硬化する高機能絶縁素材の人工皮革プロテクターだ。

彼女が返事に気を取られたと見たのか、別の男が摩利に襲い掛かる。遼介を三人目が牽制し、四人目が回り込んで真由美に襲い掛かろうとする。

真由美は咄嗟に起動式を展開しようと、完全思考操作型ＣＡＤに想子を注入した。

「真由美、ダメです！」

しかしレナがそれを制止する。

「この街の魔法使用制限は余所より厳しいんです！」

魔法の発動を中断する真由美。

魔法で迎撃するつもりだった彼女は、暴漢から逃れる態勢になっていなかった。

襲い来る男を殴り飛ばしたのは、遼介だった。

「もっと下がって！」

遼介が両手を広げて、真由美とレナを同時に自分の背後に押しやる。

かなり乱暴に押される格好だったが、真由美もレナも抗議はしなかった。

「やるな！」

摩利が乱暴な口調で遼介の手際を褒める。

「二人を頼む！」

そして二人掛かりの攻撃を捌きながら遼介に分担を依頼した。

「ええ、こちらは我々に任せてください」

応えを返したのはシャーロットだ。彼女は遼介の反対側で、襲撃者四人組の残る一人と睨み合っていた。

彼女は武器を持っていない。スタンバトンを持つ男と素手で対峙している。にも拘わらず膠着状態が生じている。それだけシャーロットに隙が無いということか。それとももっと、別の理由があるのか。

一方、遼介の方は分かり易い状態になっていた。

「くっ。このっ！」

苦しげに息を乱して悪態を吐いているのは襲ってきた相手の方だ。その手にはスタンバトンは無く――遼介によって既に打ち落とされていた――今は小型のナイフを手にしている。

遼介は「早く摩利の助太刀に」と焦ることなく、相手の攻撃を捌いていた。素手で武器に対処する不利をまるで感じさせない。そして確実に、相手のダメージを積み上げていた。

やはり一番大変そうなのは一人で二人の相手をしている摩利だ。とはいえ、彼女の戦い振りにも危なげは無い。その証拠に、戦っている相手の方に苛立ちが見え始めていた。

彼らの背後にはＦＢＩがいる。とはいえ非合法工作活動中、警察沙汰を避けたいのは彼らの方だ。この状況は長引けば長引く程、摩利たちの方が有利と言える。

摩利に襲い掛かっていた二人が大きく退いた。それを見た残りの二人も距離を取る。形勢不利と見て、方針を逃亡に切り替えたのか。

「おい！」

「ああ！」

正面の二人が何やら合図を交わす。

左右の二人が無言で頷く。

四人は一斉に、背中側のポケットから薄く細長い機械を取り出した。

その機械を握る手から想子光が漏れる。

「ＣＡＤ⁉」

「こいつら、魔法師か⁉」

真由美と摩利が、ほぼ同時に叫んだ。

非合法工作員たちがＣＡＤから起動式を読み込んだ。

意表を突かれた真由美(まゆみ)も摩利(まり)も、対応に後れを取っている。

「させないわ！」

だが最も魔法の発動が早かったのは、監視に使っている自走車の中で叫んだリーナだった。

爆発的に展開された領域干渉が真由美(まゆみ)たち五人と非合法工作員を包み込み、魔法の発動を妨げる。

リーナは深雪(みゆき)ほど領域干渉が得意ではないが、元々瞬発力ならば深雪(みゆき)を上回る。持続時間を数秒に限定すれば、深雪(みゆき)のものに劣らぬ領域干渉の展開が可能だった。

領域干渉のフィールドは三秒で消えたが、真由美(まゆみ)たちが態勢を立て直すには十分な時間だった。

もっとも、真由美(まゆみ)や摩利(まり)が魔法を使う必要は無かった。

細い針のようなスローイングナイフがどこからともなく飛来して、四人の工作員に次々と突き刺さる。上腕部や大腿部(だいたい)で致命傷となる箇所ではなかったが、全員が上げた悲鳴を聞く限り、見た目以上のダメージがあるようだ。

それらのナイフは駐車場の外に忍び寄っていたソフィアが、移動魔法でコントロールした物だった。ナイフを魔法で操って飛ばす技術はスターズの中でポピュラーなものだ。得意としている隊員も多いし、［ダンシング・ブレイズ］のように高度な魔法も開発されている。

工作員を襲ったスローイングナイフもそうした魔法技術の一つで、名称は［ホーネット・ダガー］。放出系魔法で帯電させたナイフを移動系魔法で操って敵に突き刺す。ナイフによる刺し傷と感電で相手にダメージを与える魔法だ。敵の手足を狙って、殺さずに無力化することを主な目的として使用される。

多くの場合、生きたまま敵を捕獲する為に使用されるが、このケースでは捕らえることが目的ではなかった。

「――退却！」

その男がリーダーだったのだろう。彼の一声で本人を含めた四人全員が、ナイフを突き刺したまま襲撃に使った車に逃げ込んだ。

急発進する自走車に、摩利も遼介もシャーロットも、駐車場の外に隠れているソフィアも手出しはしなかった。

◇　◇　◇

「何だったの、あのナイフ……？」

「分からん」

真由美の呟きに、摩利は律儀に、ただし忌々しげに答えを返す。何故不機嫌になっているのかというと、

「魔法なのだろうが、発動の兆候も痕跡も全く分からなかった」

こういう理由だった。

もしあのナイフがこっちに向けられていたら、自分では防げなかった——摩利はそう思って、自分の不甲斐なさに腹を立てているのだった。

「ええ。最初の領域干渉の術者といい、かなりの実力者です」

レナが緊張の抜けきれない声で続けたセリフはフォローというわけではなかったが、摩利の気持ちを静めるのに多少の効果はあった。

「最初の術者？」

そのレナの言葉を遼介が聞き咎める。

「ミレディ、領域干渉の術者とスローイングナイフの術者は別人だったのですか？」

「聞き咎める」といっても「問い質す」とか「非難する」という意味ではなく、不審な点に気付いてそれを訊ねたのだった。

「ええ、別人です」

レナの答えは明確だった。彼女にはそれが、はっきり分かったのだろう。

「スローイングナイフを操る技巧もかなり高度なものでしたが、領域干渉を放った魔法師の実力はおそらく私を上回っています」

「ミレディ以上ですか？　だとしたらまさか、スターズが⁉」

遼介が口にしたセリフを聞いて、真由美も摩利も「大袈裟な」と思った。それではまるで、レナがスターズに匹敵する魔法力を持っているかのような言い方ではないか。

二人とも、レナがただ者でないことは、何となく感じ取っていた。

だがこの時点ではまだ、レナの実力を過小評価していた。

◇　◇　◇

ソフィアが近付いてくるのを見て、運転手席のリーナは自走車のドアを解錠した。——リーナはソフィアが車を降りた直後、ちゃっかりハンドルの前に移動していた。

「フィフィ、ご苦労様」

「ありがとう」

リーナの労い（ねぎら）の言葉に、助手席に乗り込んだソフィアが気軽な口調で応えを返す。既に彼女の戦闘態勢は解除されていた。

「思ったよりも手応えがなかったわね」

このリーナのセリフには、ソフィアは軽く頭（かぶり）を振った。

「確かに魔法技能はお粗末なものだったけど、練度は予想外に高かったわよ。［ホーネット・ダガー］を受けても倒れなかったし、ナイフを抜かずに逃げたのは血とか皮膚組織とかから身元を特定されるのを避ける為（ため）じゃないかしら」

「そうか。根性だけはあったのね」

「うん。並みの訓練じゃあ、ああは行かないと思うな」

「ますます素性が気になるわね……。ＦＢＩに雇われる前は何をしていた連中なのかしら」

「捕らえてみれば分かるでしょう」

思考の袋小路（ふくろこうじ）に迷い込みそうになったリーナの意識をソフィアが現実に引き戻した。

「……まだ襲ってくると考えているの？」

「いやいや、襲撃を継続するにしてもさすがにメンバーは変えてくるでしょうね」

「？」

首を傾げ（かし）るリーナに、ソフィアは人の悪い笑みを浮かべる。

「リーナ、忘れたの？　こっちは私たち二人だけじゃないのよ」

「あっ」

別働隊による追跡の可能性に思い至って、リーナは思わず声を上げる。そんな彼女にソフィアは「クスッ」と笑い声を漏らした。

「リーナって本当、直接的な戦闘に特化しているのね」

「……ホテルに戻るわよ」

リーナが車を発進させる。

視線を前に固定して助手席の方を見ないようにしているリーナの妙に硬い横顔を見ながら、ソフィアはなおも忍び笑いを続けていた。

真由美たちが呼んだタクシーはまだ到着していない。彼女たちを残して、陰からの護衛を打ち切る格好になってしまっていることを、ソフィアは指摘しなかった。

◇　◇　◇

真由美たち三人がホテルに戻ったのは真夜中近くのことだった。

「あー、やっと寝られる」

真由美は服を着たままベッドに身を投げ出した。仰向けの体勢で「疲れた」という独り言を

「つっかれたー」という発音で漏らす。

「真由美、だらしないぞ」

叱り付ける摩利の声にも疲労が滲んでいる。横になってこそいないものの、ベッドに腰を下ろして気怠げにしていた。

「寝る前にシャワーを浴びて着替えろ。いい加減にしないと服が皺だらけになるぞ」

「えーっ……」

「えーっ、じゃない。本当に汚れも落とさずそのまま寝るつもりか。女を捨てるには早すぎだぞ」

最後の一言はさすがに聞き逃せなかったのか、真由美は「むっ」と言って身体を起こした。

だがすぐに再びベッドに倒れ込んだ。

「ダメ。きつい。摩利、先に浴びてきて」

「はぁ……」

仕方が無い、という表情でため息を吐きながら摩利が立ち上がる。

「眠るなよ。あたしの後に、ちゃんと入るんだぞ」

「了解りょーかい」

真由美は片手を上げてヒラヒラ振りながら、気の抜けた声で返事をした。

摩利が浴室に姿を消すのを見届けて、真由美はのろのろと身体を起こした。このままだと本

当に眠ってしまいそうだ、と思ったからだ。

さっきは摩利に甘えていただけで、真由美もシャワーを浴びずに眠るつもりはなかった。女性としての身だしなみ以前に、何だか身体がベトベトしているようで気持ち悪かったからだ。そんな汗をかくような激しい運動はしていない。……もしかしたら緊張の汗とか冷や汗とかはかいていたかもしれないが。

ホテルに戻る時間がこれほど遅くなった理由、彼女たちがこんなに疲れている理由は警察の事情聴取だった。

ＦＢＩではない。バンクーバー市警だ。当然かもしれないが、真由美たちが駐車場で襲われた件はレストランから通報されていたのである。

彼女たちは被害者の立場ということもあって、事情聴取はそれほど厳しいものではなかった。同行していたシャーロットが弁護士ということも警察の追及を緩める効果があった。

だが全員が魔法師ということもあり――厳密に言えばシャーロットは魔法師ではなく、サイキックだ――現場に残っていた魔法の痕跡が彼女たちのものでないかどうか、彼女たちが魔法を不正に使用していないかどうかの確認に時間を要したのだった。

おそらく工作員に指令を下したＦＢＩのスタッフは、拉致が上手く行かなくても魔法の不正使用で真由美たちが逮捕、そこまで行かなくても拘留されることを狙っていたのだろう。それによって彼女たちを派遣した達也と、彼と手を結んでいるスペンサー国防長官＝大統領選対立候補のスキャンダルを仕立て上げようと目論んでいたに違いない。

その企みは、レナが魔法使用を制止しなければ成功していたかもしれない。真由美たちだけだったならば、日本にいる時のような感覚で魔法を使って罪に問われていた可能性は低くない。

何の彼の言っても日本国内では、真由美は七草家の娘ということで本人も気付かぬ内に便宜を受けている。「忖度されている」と言っても良い。街中で魔法を使っても、これまでのところ司法機関から見逃されてきた。

バンクーバーではパブリックスペースにおける魔法の使用が特に厳しく制限されている。この情報は真由美も渡航前に要注意事項として頭に入れていた。

だが魔法師は短期の海外旅行すらも実質的に禁止されている所為で外国での経験がない。国内と国外の違いが実感として分からない。その違いに注意しながら行動しなければならないという教訓が身についていない。この夜、真由美は危うくこの陥穽にはまり掛けたのだった。

◇◇◇

リーナは真由美よりも随分早くホテルに戻っていた。既に入浴も済ませて寛いでいる。

「リーナ、ミルファク大尉が例の工作員を確保したそうよ」

そこへ状況の確認に出ていたソフィアが戻ってきた。

「ＤＩＡじゃなくてハーディーが？」

「もちろん、訊問が終わったら向こうに引き渡さなきゃならないけど。それなりに使える魔法師だったからスターズで下ごしらえしてから引き渡してくれってことになったみたい」

「洗脳されていたの？」

下ごしらえとはこの場合、自分たちにも訊問できる状態にしてくれという意味だ。日本では「洗脳は魔法技能を損なう」というのが定説になっているが、アメリカでは違う。低レベルの魔法師でも魔法技能に指向性を与えることで、多機能性を犠牲にする代わりに特定の技能を大きく向上させられると考えられている。

「それはこれから調べるところだけど、可能性は低くないわね。あの連中、元は『ウィズガード』の所属だったわ」

『ウィズガード』はスターズの候補にも挙がらないような低レベルの戦闘魔法師で構成された国内治安維持部隊だ。低レベルと言っても、魔法師軍人として実戦レベルの能力は保有している。

「ふーん」

元ウィズガードと聞いても、リーナの反応は薄い。ローティーンの頃からスターライト、スターズとエリートコースを歩んできたリーナにとって、ウィズガードのキャリアは特に気に掛ける必要性を覚えないものだった。

「軍法会議で有罪判決を受けて収監されていたのをＦＢＩが引き抜いたという経緯みたい」

「軍法会議で有罪って、一体何をやらかしたの？」

この質問も半分は相槌的なもので、そこまで興味を持っているわけではなかった。

「三年前に北メキシコ州で暴動があったでしょう」

旧メキシコ領はＵＳＮＡに併合されて三つの州に再編された。その内、北回帰線以北でバハ・カリフォルニア半島を含む地域が北メキシコ州だ。

「その時に地元住民に対して暴行を働いたというのが罪状ね。州軍の一部が離反して連邦軍と敵対する原因になったという理由で刑罰が加重された。公式の記録ではそうなっている」

しかしこれを聞いて、リーナは無関心でいられなくなった。というのも、ウィズガードと州軍の衝突が発生した後、リーナも「アンジー・シリウス」としてスターズの部下と共に、北メキシコ州に派遣されたからだ。あの時は事態収拾に随分苦労したし、反魔法主義者とのトラブルに巻き込まれた苦い思い出もある。

「……実際には違うの？」

ソフィアの「公式の記録では」という言い方に引っ掛かったリーナが問い返す。

「詳しく調査してみないと分からないけど……。彼らはどうも上の方から、同士討ちの責任を押し付けられたみたいね」

「スケープゴートにされたということ⁉」

「まあ……そういうことなのかも」

目を見開くリーナの言葉を、ソフィアは曖昧な表現で認めた。

「あっ……」

その直後にソフィアが声を上げたのは、リーナの反応から彼女が『アンジー・シリウス』として北メキシコ州の暴動鎮圧に出動したと、今更のように気付いたからだ。

「リーナには別に、責任は無いわよ」

ソフィアは慌てて、こう付け加えた。

「詳しくは知らないけど、事態を収めるだけで凄く大変だったんでしょう？　ウィズガードは同じ連邦軍とはいえ全くの別組織なんだし。その内部で何があったかなんて、『シリウス』といえど分かるはずないわ」

「──分かってる。そんなことで自分を責める趣味は無いから大丈夫よ」

笑顔で返すリーナ。

だが彼女のその表情は、口で言うほど割り切れていない心情を映し出していた。

このように、ＦＢＩの非合法工作員を使った工作は完全な失敗に終わった。

だがそれを阻止したリーナにとっても、後味の悪いものとなった。

真由美(まゆみ)に対するＦＢＩの拉致工作を退けることは、リーナにとって大して難しいミッションではなかった。だがそれなりに手間が掛かったことで、リーナはシャスタ山で行われていることに目を向ける余裕が無かった。

もし野党の大統領選スタッフに操られていたＦＢＩの余計な手出しがなければ、それに続くアメリカ西海岸の大混乱は未然に阻止できたかもしれなかった。

【4】二枚の石板

六月二十九日、夕刻。夕刻といっても空はまだ明るい。夏至を過ぎたばかりのこの時期、日没はまだまだ先だ。

ＦＡＩＲ(フェア)を監視していた遥(はるか)とルイ・ルーは、滝の裏側から出てきた盗掘部隊が興奮した面持ちで石板らしき物を持ち出してきたのを目撃した。

大きさはレターサイズより一回り大きい程度。厚みはそれほどない。持っている手と比較した感じでは、大体指一本分の幅くらいか。

二枚の石板を二人で一枚ずつ持っている。もしかしたら見た目以上の重量があるのかもしれない。一枚は白、もう一枚は黒。木々の作る影で彼らのいる所は薄暗く、細かな色合いまでは分からない。

遥は集音マイクの感度を上げた。彼女の隣では片方の耳にイヤホンを付けたルイが同じようにボリュームを弄っている。

『……これです。良くやりました』

黒い石板を受け取ったローラが、それを掘り出した部下を労う声が聞こえた。

遥とルイが顔を見合わせる。どうやらFAIRは、本命を引き当てたようだ。

『こちらはどうしましょうか？』

白い石板を持つ発掘隊員が、それを差し出しながらローラに訊ねる。

遥たちは再び聴覚に意識を集中した。

『……良く分かりませんね。念の為に持って帰って調べてみましょう』

そう言ってローラが撤収の合図を出した。

「どうします？」

遥がルイに訊ねる。

「私はこれで引き上げるべきだと思いますけど」

そしてこう付け加えた。依頼された仕事は完遂した、十分な成果を上げたというのが彼女の判断だった。

「ミズ・フィールズは証拠のメモリーを本部に届けてください」

その指示自体には、遥も異論は無い。

「ミスターはこの後どうなさるのです？」

ただ彼が藪を突いて蛇を呼び出しそうな悪い予感を無視できなかった。本人が藪蛇に噛まれるのは別に構わない。だが巻き添えを食うのはごめんだった。

「あの黒い石板をＦＡＩＲに渡してはならない。直感ですが、そんな確信を覚えています」

「……奪い取るおつもりですか？」

「ここで別れましょう。貴女は早く、本部へ」

質問に答えなかったことが、肯定であることを示している。

無茶だ、というセリフが遥の喉元まで出掛かった。

だが彼女はその言葉を口にしなかった。

「分かりました。ミスター、お気を付けて」

遥はその場を足早に離れる。

木の陰に隠れた途端、ルイには遥の存在が感じ取れなくなった。

黒い石板は自分で持ち、白い石板を持つメンバーを自分のすぐ後ろに従えて自走車を駐めてある空き地へ向かうローラは、興奮と同時に焦りのようなものを感じていた。

表情や態度はいつもどおりクールな印象だ。少なくとも盗掘部隊のメンバーには冷静で落ち着きを保っているように見えていた。だがその心の裡には、一刻も早く成果を持ち帰りたい気持ちと思うようにスピードが出ない足取りのギャップに、苛立ちすら覚え始めていた。

シャスタ山は有名な観光地だが、どこもかしこも漏れなく人の手が入っているわけではない。この辺りは観光ルートからも登山ルートからも外れており、整備された道は存在しない。今ローラたちが歩いている道はここに何度も通う内に踏み分けられてできた自給自足の登山道だ。整備されたものではないから足下は平らでないし、下草が完全に取り除かれてもいないから何か隠れていないか慎重に確かめながら進む必要がある。

ただでさえ山道で、平地を行くような調子では歩けない。それに加えてこの悪コンディションだ。さらにそれなりの重量を持つ荷物で両手が塞がっている。思うように足を進められないのは当然だった。

普段であれば、そんなことで心を乱すローラではない。だが今は手に入れたばかりの、聖遺物を上回る秘宝『導師の石板』を、彼女を愛人にしているFAIRのリーダー、ロッキー・ディーンの許へ一刻も早く届けたいという思いが彼女の意識を侵食していた。

それは忠誠なのか、愛情なのか。はたまた全く別の感情なのか。

実はローラ自身にも良く分かっていない。ただ彼女の中ではディーンに尽くしたいという献身欲が最優先に位置付けられている。

もしかしたらその感情の名は、「執着」なのかもしれない。

執着は、視野を狭める。

おそらくはその所為で、彼女はいつもならばもっと早く察知していたはずの、自分たちを付け狙う気配に気付くのが遅れた。

小野遥には、九重八雲の弟子になっていた時期がある。

僧侶としての八雲の弟子ではなく忍術使い、つまり忍者の弟子だ。——なお八雲自身は古式ゆかしく「忍び」と称することを好んでいる。

ＢＳ魔法師——先天的特異能力者である遥の「自分の気配、存在感を完全に消し去り他人から認識されなくなる」という異能が暴走しているのを八雲が見掛けて救いの手を差し伸べたのが弟子入りの切っ掛けだ。

だから元々は「完全隠形」とでも呼ぶべきその特殊な異能のコントロールが、八雲の弟子になった目的だった。しかし八雲は忍者だ。彼の許で行われている術の修行は忍者の修行と不可分であり、遥も当然のように異能制御の修行だけでなく体術の修行もさせられた。

彼女の目的は忍者になることではなく、異能をコントロールするスキルを得ることにあった。

八雲もそれを尊重して、体術の修行は程々のレベルに留めた。だがそれはあくまで、八雲の基準で「程々」だ。自分の意志に因らずして、八雲の許を離れた時には、彼女はちょっとした斥候兵並みの身体能力を手に入れていた。

彼女の場合、街中での尾行や潜入はほぼ「認識されなくなる」異能頼り。だが街を離れ山林に入れば忍者の修行が活きてくる。遥がここ数日、民間軍事会社のベテラン警備員（実質は傭兵）だった父親に色々と仕込まれたルイを上回るパフォーマンスを見せていたのはその為だ。

この様な背景があるから、遥がＦＡＩＲの一行よりずっと早く山を下りて普通に電話が通じる所までたどり着いたのは、別段不思議なことではなかった。

「……ハロー、ミズ・ギャグノン。探偵のフィールズです」

相手が電話に出るなり、遥は自分から話し始める。なお動画電話なので相手が誰なのかは顔を覚えていれば分かるのだが、それでも名乗っているのはビジネスマナーがそうなっているからだった。

『ハロー。ギャグノンです。何かありましたか』

「はい。急を要する事態と思いますので、こうしてお電話しました」

画面の中で顔色を変えたシャーロットが『聞かせてください』と先を促す。

「ＦＡＩＲが目的の遺物を手に入れました。その映像は確保してあります」

『そうですか。ご苦労様です』

「ただミスター・ルーがその遺物を取り返そうと主張されて、山の中で別行動になりました」

シャーロットがますます表情を強張らせる。

『では、ルイは現在……』

「はい。ＦＡＩＲを追跡しているか、あるいは既に仕掛けているかもしれません」

『報せてくれてありがとうございます。ミズ・フィールズは証拠のビデオを持ってすぐに戻ってきてください』

焦りを隠せない口調でシャーロットが捲し立てる。

「了解です」

最初から助勢に向かうつもりなど無い遥には、その指示に対する異議など無かった。

（勝負は森を抜けて車に乗り込むまでだ）

ローラたちを木々に隠れて追い掛けているルイはそう考えていた。

彼の魔法は［ドッペルゲンガー］。自身の化成体を作り上げ幻術的な攻撃力を持たせる一種の分身術だ。攻撃を錯覚させてダメージを与えるのが主な用途だが、化成体に物質的な干渉力を持たせることも不可能ではない。

ルイ自身の魔法力の問題もあり、化成体の分身に付与できる物理的な出力は成人男性の腕力に劣る。だがローラが抱えている石板を持ち去るくらいなら可能だろう。化成体それ自体には質量が無いから移動速度はそれなりに出せる。

ただ問題はローラが魔女であるという点だ。魔女は魔法的な感知能力が高い。また魔法的な繋がりを通じて本体に攻撃を仕掛ける術に長けている。

隙を見て、石板を奪うことができたとしよう。

だが魔女ならば化成体であるルイの分身を追跡するのは、生身の人間を追跡するよりも容易かもしれない。そしてルイ本人に石板が渡った瞬間、ローラが自分で触れていた石板を通じてルイに攻撃を仕掛けることも可能かもしれない。

ルイが前回、ローラに苦杯を嘗めてから一ヶ月も経っていない。あの時も逃走する分身を通じて魔女の魔法を撃ち込まれた。

（……あの魔女との接触は［ドッペルゲンガー］の分身よりも、生身の方がむしろ勝算があるのでは？）

ふと、ルイの脳裏にそんなアイデアが浮かぶ。

意外に良いアイデアではないかとルイには感じられた。

発想をひっくり返し、分身を囮にして本体で石板を奪う。

十人以上、正確に言えばローラを含めて十三人いる敵の中に突っ込んでいくことになるが、分身による陽動で相手を上手く分断できれば数の不利は何とかなる。

（――これで行く）

あの石板を持ち帰らせてはならないという直感の警告は、ここに来てますます強くなるばかりだ。多少のリスクは覚悟するべきだろう。

ルイはそう、心を決めた。

「シャーリー、ルイにはまだ連絡が取れませんか⁉」

バンクーバーのFEHR本部では、リーダーのレナが珍しく狼狽を露わにしていた。

「ダメです。どうやら端末のモバイル機能をオフにしているようです」

シャーロットも焦燥を隠せていない。二人から落ち着きを奪っているのは、ルカ・フィールズこと小野遥からの電話でルイ・ルーが取った予定外の行動を聞かせられたからだった。

「あれほど無理をしないでと言ったのに……」

ローラ・シモンの魔法で手傷を負わされたルイを同じ仕事に派遣することには、当然不安があった。だからレナは彼が再度出発する間際になって「無理をしないように」と何度もしつこく念を押したのだった。

「ミズ・フィールズには連絡が付きます。ルイを止めるよう、追加オーダーを出しましょう」

「……いえ、それは無理でしょう。ルイの同行をお願いした際、危なくなったら一人で逃げるという条件を彼女は付けて、私たちはそれを受け容れました。今ここで引き返すよう依頼するのは契約違反になってしまいます」

シャーロットが出した苦し紛れの案に、レナは飛び付かなかった。

「そうですね……。仰るとおりです」

シャーロットが自分の間違いを認める。彼女は弁護士でありながら契約違反を勧めてしまったことを恥じた。

しかしこのまま何もしないわけには行かない。ルイがしようとしていることは余りにも危険だ。シャーロット以上にレナがそう思っているのは、彼女の青ざめた顔の色が示していた。

「――レナ。ミスター遠上に力を貸してもらうのはどうです？」

「遼介に？」

不安一色に染まっていたレナの瞳に驚きが混ざる。

「彼の接近戦能力は当組織の中でトップクラスです。特に防御面では魔法的な攻撃に対しても物理的な攻撃に対しても突出した能力を持っています。現状況下、ルイの救出にはメンバーの中で最も向いていると思います」

「しかし助けに行くと言っても時間が……」

「ええ、自走車では半日近く掛かりますね。ですから小型機を借りましょう。軽飛行機でしたら借りられる当てがあるので、すぐに用意できると思います」

シャーロットの提案にレナが考え込む。今度はすぐに、却下しなかった。

「ただ間に合う内にルイを見付けるのには、かなりの幸運が必要ですが……」

シャーロットは「手遅れにならない内に」を「間に合う内に」と、表現をぼかした。

ただ彼女が言おうとしていることは、レナには筒抜けだった。

「――それは私が何とかします」

煽(あお)られた危機感が、レナの決断を後押しする。

レナの「何とかする」の中身をシャーロットはすぐに理解した。

「レナ、それは危険です！『魔女』がいる場所へアストラル体を飛ばすのはリスクが大きい」

その上でシャーロットは、レナを慌てて制止する。通説では、魔女は肉体に対する攻撃よりも精神体に対する攻撃を得意としている。アストラル体は精神そのものではないが、精神体としての特徴を色濃く持っている。そしてアストラル体に対するダメージは、精神へダイレクトに伝わる。

「いいえ。ルイが置かれている状況の方が余程リスキーです」

だがレナは、瞳に強い光を宿して首を横に振った。

その表情を見て、シャーロットは思い止(とど)まらせるのを諦めた。

「残る問題は、遼介が引き受けてくれるかどうか、ですが……」

物憂げに呟くレナに、

「その点は大丈夫だと思います」

シャーロットは妙に平坦な表情で、その懸念を無用のものと断定した。

「レナがお願いすれば、ミスター遠上は二つ返事で引き受けてくれますよ、きっと」

その上で、こう付け加える。

少し怪訝な表情になりながら、レナはヴィジホンのスイッチに手を伸ばした。一時期はモバイルに圧倒されていた固定回線だが、ヴィジホンの普及によって主役の座を取り戻している。ディスプレイに呼び出した連絡先一覧の中から遼介の名前を選び出し、レナは指を近付けた。

◇　◇　◇

昨日あんなことがあったばかりなので真由美も摩利も今日は一日ホテルにこもっていた。食事はホテルのレストランとルームサービスだ。

遼介は今日一日自由行動だった。彼にとっては勝手知ったるバンクーバー、一人でも困ることはない。本当はレナに会いに行きたかったのだが、警察に目を付けられたばかりなので我慢した。

目を付けられたと言っても今回は被害者の立場なのだが、ここの警察は魔法師関係の犯罪に神経過敏なところがあると遼介は知っている。それは魔法師の犯罪だけでなく魔法師に対する犯罪に関しても同じくらい、いや、もしかしたらそれ以上に神経を尖らせている。

五年前。反魔法主義の炎はまず、東海岸旧ＵＳＡ領域で燃え上がった。このバンクーバーにおいては間が悪かったのか良かったのか、当時の市長が本物の、しかもかなり戦闘的な人道主義者だった。

彼は反魔法主義運動に対して人権侵害とはっきり口に出して非難し、反魔法運動の中心だった人間主義者集団との敵対を宣言した。いわば当時の「空気」に公然と挑戦状を叩き付けたのである。

当然、反魔法主義者からは目の敵にされた。バンクーバーでテロまがいの抗議活動が横行することとなった。

だが市長は一切妥協しなかった。徹底的に反魔法主義と闘い、魔法師の人権を非魔法師の人権と平等に保護する姿勢を貫いた。レナがここバンクーバーをＦＥＨＲの本拠地に選んだのは、この市長の政治姿勢があったからだと言える。

ただその一方で、魔法師による犯罪を徹底的に取り締まった。「魔法師も同じ人間」という政治信条を証明するかの如く、魔法師を優遇していると見られることを市長は極端に嫌った。

その結果が魔法師が加害、被害の双方で関わる犯罪に対する警察の厳格な姿勢だった。

市長が交代しても、この方針は堅持されている。パブリックスペースにおける魔法の無断使用が他の自治体に比べて相当に厳しいのもその一環だ。

この辺りのことが良く分かっていなかった遼介は、まだこっちの大学に真面目に通っていた頃、偶々目撃したひったくりを捕まえるのについつい魔法を使ってしまったことがある。魔法と言ってもぶっ放す類のものではなく自分の身体にバリアを纏わせる魔法、つまり「リアクティブ・アーマー」だ。それもひったくり犯が取り出した拳銃に対応する為で、アメリカでも他の自治体ならすぐに正当防衛で済ませられただろう。

しかしこの街の警官は違った。留置施設に入れられることはなかったが、正当防衛を納得させる為に何日も警察署へ通わなければならなかった。実はＦＥＨＲと――レナと縁ができたのも、その時に支援してもらったのが切っ掛けだ。そういう意味では、悪いばかりの体験ではなかった。

とはいえ、バンクーバー市警に対する苦手意識を遼介に植え付けるには十分な過去だ。彼が慎重すぎる態度になるのは仕方が無いかもしれない。

そんなわけで彼は夕食も観光客向けではない、安い大衆食堂で済ませるつもりで外出の準備をしていた。そこに電話のコール音が鳴った。

アメリカのホテルでは携帯端末を部屋の端末につないで固定電話のように使う仕組みが整っ

ている。ホテルの取り次ぎ不要で、電話番号を変えずに動画通話を利用できるサービスだ。携帯端末のデータを利用しているから、着信を報せる画面には端末に登録してある発信者の名前も表示される。

発信者の登録名は『ミレディ』。

遼介は飛び付く勢いで受信ボタンを押した。

ディスプレイに登場したのは紛れもなくレナだ。

「はい、何か御用でしょうか⁉」

遼介は鯱張った口調で電話に出た。

『こんばんは、遼介。もしかして、出掛けるところでしたか』

レナは遼介の勢いに欠片も動じていない。彼女にとっては遼介に限らず、話す相手が日常的に見せる態度だった。

「夕食に出掛けようとしただけです。全く忙しくはありません」

だから何でも言い付けてくれ、と遼介はアピールする。

『それなら良かったです。少し、いえ、かなり大変なことをお願いしたいのですけど……』

「お引き受けします！　何なりと仰ってください！」

レナの躊躇いと罪悪感をたっぷり含んだセリフに、遼介が勢い良く応諾の言葉を被せた。

——その内容も聞かずに。

『えっと……、空港の南ターミナルに来てもらえませんか。詳しいお話はそこで』

レナが躊躇いながら続ける。遼介の態度に対する驚きで罪悪感が一時的に吹き飛んでしまったようだ。

「すぐにうかがいます」

無論のこと、遼介は二つ返事で頷いた。

その言葉どおり、遼介は最速でバンクーバー国際空港南ターミナルに現れた。このターミナルは定期航空便以外の社用機や自家用機の発着に利用されている。

そこには既に、レナが待っていた。彼女の隣にはシャーロット。そして遼介が知らない中年の男がシャーロットの横に立っている。

「……ルイがそんなことに⁉」

レナとシャーロットの話を聞いて遼介が目を見開き、裏返り掛けた声を上げた。

ＦＥＨＲの中で、ルイは遼介が親しく付き合っていた相手だ。二人とも武闘派で、特定の魔法に才能が偏っている点に、互いが共感を覚えていたのだ。

「ええ。遼介、危険な仕事を押し付けるのは大変心苦しいのですが……」

「お気になさる必要はありません。ルイは俺にとっても友人です。ミレディ、先程も申し上げました。ミレディが頼ってくださるなら、どんな仕事であろうと喜んで承ります」

「——ありがとうございます。ですが遼介、気を付けて。決して自分の身を疎かにしないでください」

「心得ました。ミレディのお心を曇らせるような真似は決してしません」

遼介がきっぱりと約束、いや、誓いを立てる。

これ以上念を押す必要は無いと考えたのだろう。遼介に向かって頷いた後、レナはシャーロットに目配せをした。

「ミスター遠上。シャスタ山まで、彼が軽飛行機で送ってくれます」

シャーロットの言葉に続いて、彼女の隣にいたパイロットの男性が自己紹介をする。遼介は名乗り返し、彼と握手を交わした。

「向こうでは最寄りの町から運転手付きで車を手配しました。ただしその運転手はFEHRのメンバーではありませんので、最低限の支援しか期待できません」

「分かりました」

「それと、これを先に渡しておきます」

そう言ってシャーロットは、手で握り込めるサイズの機械を遼介に渡した。

「これは……？」

そう言いながら遼介は、掌の上の機械を見詰める。大小二つのボタンと豆粒のようなインジケーターが付いているだけのシンプルな機械だ。

「飛行デバイスです」

シャーロットの答えに、遼介は「これが……」という呟きを漏らした。

「操作は単純です。使う時は想子を流しながら大きなボタンを押す。止める時は小さなボタンを押す。ストップボタンを押さない限り、作動を続けます」

「これで飛び降りれば良いんですか？」

「いいえ。それは万が一飛行機にトラブルが生じた場合の非常用です」

短絡的な遼介の質問に、シャーロットは呆れ声で答える。

「たった今、レナに危ない真似をするなと言われたばかりでしょう。呉々も妙なことは考えないように」

「了解です」

シャーロットにジロリと睨まれただけでなくレナに哀しげな目を向けられて、遼介は慌てて姿勢を正した。

「ミレディ、行って参ります」

「気を付けて。ルイをよろしくお願いします」

レナに見送られて、遼介はパイロットと共に滑走路の軽飛行機へと向かった。

◇　◇　◇

その頃、ルイはＦＡＩＲ（フェア）の追跡から逃れる為（ため）に森の中を無茶苦茶に走り回っていた。

現在位置は、とうに見失っている。

とにかくルイは、逃げ果（おお）せることだけを考えていた。

（――もう捨ててしまうか？）

左脇に抱えた白い石板にチラリと意識を向ける。

結局彼は、ローラから黒い石板を奪い取ることはできなかった。［ドッペルゲンガー］の分身でローラの意識を逸（そ）らすところまでは成功したのだが、彼女の側（そば）にいた獣じみた男に接近を勘付かれてしまったのだ。

その男の相手をしている内にローラにも気付かれて、逃走を余儀なくされた。その際のどさくさに紛れて、他のメンバーからこの白い石板を奪い取るのが精一杯だった。

だが全くの徒労というわけでもなさそうだ。こうもしつこく、追い掛けてくるのだから。

ルイを追い掛けているのではないだろう。彼らの目的は白い石板を取り返すことのはずだ。

もし白い石板が盗（と）られても良いものであれば、ローラは黒い石板を持ち帰ることを優先するに違いない。

だがローラはルイの追跡を部下任せにせず、直接指揮を執っている。彼女は明らかに、黒い石板だけでなく白い石板にも執着している。

（大体、この石板は何だ）

（もしかして、これもレリックなのか？）

そんなことを考えていると、突如目の前に地面の亀裂が現れた。慌てて足を止めてライトを向け、下をのぞき込む。深さ二メートルほどの小規模な崖の下は沢だった。

沢筋ならば上りと下りを間違えなければ、ほぼ確実に麓へ出られる。現在位置を見失っていたルイは、思い切って崖を飛び降りた。

幸い着地で足を痛めることはなかった。前後左右を見回すと、そこには沢を前にした洞窟があった。

人が一人ようやく入れる程度の、洞窟と言うより崖の窪みと表現する方が相応しいような空間。ルイは体力を回復する為、少しの間そこに身を隠すことにした。

その間にルイは、石板を調べてみることにした。レリックだとしたら想子を注入すれば何らかの反応がある。しかしそれは、ＦＡＩＲに見付かるリスクを高めてしまう。彼は魔法的な手段以外の方法を採ることにした。

まず情報端末で石板の写真を撮る。精細度を最高まで上げて、あらゆる角度から写し漏れがないように撮影した。次に録音機能を使って、石板を軽く叩きその反響音を録る。仮に石板を持ち帰れなくても、このデータを持って帰れば何かが分かるはずだ。

石板の表面は地中に埋まっていたとは思えないほど滑らかで、表面に文字のようなものは見えない。しかし念の為、ルイは指先に神経を集中してゆっくりと撫でてみた。

すると、感じた。

凹凸ではない。摩擦の違いだ。指が滑りやすい方向、滑りにくい方向が所々で違っていた。

しかしそれが意図的なものだとして、地中に埋まっていた状態で砂や小石に曝されながら当初の状態で残っているものだろうか。逆に地中でできた細かな傷とも考えられる。

（……ここでは無理か）

これ以上考えても分からない、とルイは結論した。

戻ってから、調べてみるしかない。やはりこの石板は、何とか持ち帰るべきだろう。

ルイはそう思って、洞窟の外に出た。

呼吸や脈は落ち着いている。休憩の効果は十分にあった。彼はなるべく上から見付からないように岩肌の近くを歩きながら、弱いライトを頼りに沢筋を下り始めた。

ルイが洞窟の中で一休みしていた頃、遼介は軽飛行機の機中にあった。

単発のプロペラ機。前世紀、この手の軽飛行機はレシプロエンジンと相場が決まっていたが、現代では電動モーター機が主流を占めている。遼介が乗っているこの機も電動モーター動力だ。

離陸してからそろそろ二時間。機はシャスタ山上空に差し掛かっていた。

「すみません、高度を落としてください」

「……分かりました」

パイロットは訝しげではあったが、理由を訊ねることなく遼介の要請に応えた。

遼介はリアルタイムで現在位置を表示する機内備え付けの地図と、遥からの報告に基づくルイの推定位置を示す自分の端末の地図データを見比べた。

「飛び降ります。現在位置で旋回してください」

「はっ？　本気ですか？」

今度はさすがに、訊き返すパイロット。

「大丈夫です。俺はこれでも魔法師ですから」

「……分かりました」

パイロットがあっさり引き下がったのには二つの理由がある。

一つは彼が、魔法師の無茶にある程度慣れていたということ。彼はシャーロットの人脈で調達したパイロットだ。つまり彼女の、ＦＢＩ時代の協力者。現在もＦＢＩとは付き合いがある。

真由美たちを襲ったような、工作員を乗せて飛ぶこともある。パラシュートも付けず飛行機から飛び降りる魔法師は、遼介が初めてではなかった。

もう一つはＦＢＩの秘密の仕事を手伝っていた経験から、「客」の事情を詮索してはならないと自らを戒めていたということ。

下手に関われば、どんな危険な案件に巻き込まれるか分からない。

幸いにして彼自身は危ない目に遭ったことはないが、余計な好奇心で身を滅ぼした「運び屋」の噂なら彼は幾つも耳にしていた。特に魔法師絡みの案件は危ないと良く知っていた。

そんなわけだから彼は飛行中であるにも拘わらず、遼介に言われるがまま遠隔操作でキャビンの扉を開放した。もちろん十分に高度を下げ、キャビンを減圧した後で。

「ありがとうございます。すみませんが、ドアを閉めておいてください」

そう言って飛び降りた遼介に、パイロットは「了解」とだけ応えた。

軽飛行機から飛び降りた直後に、遼介はシャーロットからもらった飛行デバイスの作動ボタンを押した。

起動式がデバイスを持つ右手から読み込まれ、飛行魔法が発動する。

遼介が飛行魔法を使うのはこれが初めてだ。VRを使ったシミュレーションどころか、使い方のレクチャーを受けたこともない。自由に飛び回れるなどとは最初から考えていなかったので、彼は落下速度を緩めることだけを考えた。

飛行魔法は無事、彼の意思に応えた。ぶっつけ本番が上手く行って、遼介は空中でホッとしていた。

焦りは無かった。仮に飛行魔法が上手く行かなくても［リアクティブ・アーマー］を纏っていれば、地面に激突しても傷一つ負わないと分かっていたからだ。

軽飛行機の対地高度——海抜高度ではない——は二百メートル前後だった。空気抵抗加味で、地面に激突する時の速度は大体時速二百キロ前後になる。

［リアクティブ・アーマー］は完全な慣性中和機能も備えている。時速二百キロ程度の自走車や列車に跳ね飛ばされても、術者は何のダメージも負わない。巨大で大質量の物体にぶつかられるのも自分からぶつかっていくのも、受ける衝撃は同じだ。

だから怪我を負う心配はしていなかったが、軟着陸できるのであればそちらの方が気分的に楽なので、飛行魔法を使ったのだった。

着地してすぐ、彼は行動を起こそうとした。

電動プロペラ機の特徴は騒音が小さいことだ。モーターの駆動音はレシプロのエンジン音に比べれば無いに等しい。軽飛行機は機体そのものの風切り音が騒音になる程スピードは出ないから、地上にいて聞こえるのはほぼプロペラが空気を切る音くらいだ。

だから山林の中を走り回っているFAIR（フェア）は、遼介（りょうすけ）を乗せてきた軽飛行機には気付いていないだろう。降りる際に使った飛行魔法の気配に気付く感受性の持ち主はいたかもしれないが、降下に掛けた時間は十秒余り。気付かれなかった可能性の方が高い。

それでもすぐにこの場から動くべきだと遼介（りょうすけ）は考えた。

今まさに友人のルイ・ルーが危機に陥っているかもしれないのだ。のんびりしている余裕は無い。

しかしそう考えた直後、彼の足は止まった。

（ルイは何処（どこ）にいるんだ……？）

残念ながら広い山の中から特定の人物を一瞬で捜し出すような能力は、遼介（りょうすけ）には無かった。

彼は今更のように、自分が不可欠の情報を聞き忘れていたことに気が付いた。

（一体どうやってルイを助けに行けば良いんだ？）

携帯端末を思い詰めた顔で遼介（りょうすけ）は見詰め――いや、睨（にら）んだ。

レナかシャーロットに電話を掛けて訊（たず）ねるべきだ、と頭では分かっている。

だが、決まりが悪い。凄（すご）く間抜けな気がする。

（現地について忘れ物に気が付きました、というのはみっともなくないか？）

（……ミレディに電話するのは止めておこう）

遼介は端末を操作してシャーロットの連絡先をディスプレイに表示した。

だが彼が通話スイッチを押すよりも早く。

『遼介。あれほど危ない真似はしないでくださいと言いましたのに……』

遼介は、レナの哀しそうな声を聞いた。

普段なら大歓迎だが今はタイミング的に、気の所為だと思いたかった。

だが、空耳などではないことを遼介は知っていた。

「――それは誤解です、ミレディ」

顔を上げて、空中に話し掛ける。

そこには、全身をほのかに光らせたレナが浮いていた。

夜の闇に浮かぶ、光の美女。

いや、見た目を正直に表現するなら「光の美少女」だが、どちらにしても神々しささえ覚える姿だった。

星気体投射。

宙に浮かぶレナは、彼女のアストラル投影体だった。

「私の魔法はご存じでしょう？　あの程度の高さは私にとって危険の内に入りません」

堂々とした口調だが、遼介は内心焦っていた。

彼が口にしているのは全くの事実だが、同時に所詮、言い訳に過ぎない。

レナに怒られること、ではなく彼女を哀しませることは、何とかして回避したかった。

空中のレナがため息を吐く。

幸い彼女の表情には、怒りも哀しみも無い。

『結果的に怪我をしなければ良いというものではないんですよ。魔法は百パーセント確実なものではないのですから』

彼女の口から出た、遼介をたしなめる言葉。

だがその口調に込められた感情の主成分は「仕方がありませんね……」という諦念だった。

「はい、ミレディ。以後気を付けます」

『本当に遼介は調子が良いんですから』

その心外な評価もレナの口から出たものならば、遼介は気にせず受け容れられた。

「それよりミレディ。こうしてお姿を見せていただいているのは、ルイの居場所を教えてくださる為でしょうか」

遼介が話題を変える。

『はい』

レナも説教気分を引きずらなかった。彼女は優先順位を理解している。

『ルイはこの先の沢を下っています。距離はここから約一マイルです』

そう言いながらレナは右腕を水平に伸ばし、山頂に向かって右斜め前方三十度程の場所を指差した。

　自分の足ならば山の中だろうと、一マイルはそれほど遠くない。――遼介はそう思った。当てずっぽうの降下だったが、幸いそんなに外れてはいなかったようだ。

「ありがとうございます」

『ずっとご案内はできませんけど、ルートが変わったらまた教えに来ますので』

　そう言ってレナは、空気に溶けるように消えた。いや［アストラルプロジェクション］には肉体から分離した意識体を移動させる［幽体離脱］と投映地点に漂う想子に干渉して想子情報体を作り上げそこに意識を乗せる［星気体投射］の二種類があって、レナが使っている術式は後者だから「空気に溶けた」のは文字通りと言えるかもしれない。

　レナが完全に消えてしまうまで見送った後、遼介は傷薬や簡易食などを入れたリュックを背負い直して、彼女が指し示した方へ猛然と駆け出した。

　木々が生い茂る中に入り込めば星明かりも届かない。

だが、遼介の足取りに躊躇いは無かった。

　全力疾走の勢いも衰えない。無機物に囲まれた街の中ならともかく、障碍となるのは自然物ばかりの山林の中ならば、彼は完全な暗闇でもない限り不自由を感じない。樹木や岩が放つ霊的なエネルギー、「気」の放射が彼には分かるからだ。

　魔法師としての素質が偏っている遼介は、達也のような、あるいは光宣のような情報体を

「視」る知覚力に恵まれていない。

　しかし彼は魔法を修練する代わりに武術の修行を積むことによって、想子情報体を「視」る能力の代わりに「気」を感じ取る能力を磨いた。人工物に囲まれた街や工場の中ではなく、今いる山林の中のような「気」に満ちた場所こそが、彼にとってのホームグラウンドだ。

　自然物の「気」を感じ取るのと同時に、遼介は走りながら「気配」も探っていた。生憎と一キロ以上離れている人間の気配を感じ取るような人外の知覚力を彼は持ち合わせていない。だが五十メートル程度まで近付けば人の気配は感じ取れる。その半分まで接近すれば、知り合いかそうでないかの判別も可能だった。

　都会では気配に酔ってしまうので、この感覚は閉ざしている。だがここでなら、その様な心配は不要だ。

（むっ？）

　彼のアンテナに引っ掛かった人の気配に、遼介は足を止めた。いったん太い幹を背にして気配がした方から身体を隠し、音を立てないように移動を再開する。

　気配を見分けられる間合に入った。

　警戒したとおり、ルイではなかった。第三者の可能性はゼロではない。だがほぼ間違いなく、FAIRだろう。不規則な足取りは、未熟な狩人が獲物を探している際に特徴的なもの。

（どうやら間違いないようだな）

ルイはＦＡＩＲに追い回されている。遼介は改めてそう確信した。

（仕留めるか？　いや……）

遼介が感知した相手は二人組。

彼らが遼介に気付いている様子は無い。今仕掛ければ間違いなく倒せるだろう。

だが彼らが向かっている先は、レナが指し示した場所とは別の方角だ。

遼介はＦＡＩＲと思しき二人組から遠ざかる。彼はルイと合流することを優先した。

それから百メートルほど進んだところで、再び出現したレナのアストラル体に修正ルートを指示された。

そして駆けること約十分。

「ルイ！」

遼介は遂にルイを発見した。

遼介と合流した時、ルイは限界まで消耗していた。暗い山中での一人きりの逃走に神経を磨り減らしてしまったのだろう。

出血は見られない。捻挫などで足を引きずっている様子も無い。だが転倒したのか、何ヶ所か打ち身はあるようだ。

「遼介……なぜこんな所に？」

一瞬身構えたルイだが、姿を見る前に声で遼介だと分かったのだろう。彼の声に警戒感は無く、驚きと疑問で占められていた。

「ミレディのご命令だ」

本当は「命令」ではなく「お願い」なのだが、遼介にとってはどちらも同じだ。いや、どちらかと言えば彼はレナに命令して欲しかった。その所為で認識がすり替わってしまっているのだろう。

「ミレディが命令……？」

ルイはレナとの付き合いが最も長い。レナがこんな危険な状況に「命令」でメンバーを放り込むような人間ではないと彼は知っている。だから遼介のセリフに強い違和感を覚えたのだが……。

「それで助けに来てくれたのか？」

今はそんなことに拘っている場合ではないとルイは思い直した。

「そうだ」

「ありがとう。だがすまない、俺はもう走れそうにない。これを持ち帰ってくれ」

味方の登場で緊張の糸が切れたのかもしれない。一気に疲労の色を濃くしたルイが、遼介に石板を手渡す。

「これは？」

「ＦＡＩＲが、ある滝の裏の洞窟から発掘した物だ」

「奪取に成功したのか」

称賛の込められた遼介のセリフに、ルイは頭を振った。

「いや……やつらの本命は間違いなく、ローラ・シモンが持っている黒い石板だ。そちらは奪えなかった。手下が持っていたこの白い石板を奪うのが精一杯だった」

「それでも重要な証拠品だろう。分かった、これは俺が預かる」

遼介はリュックを下ろして空いているスペースに石板を入れると、中に入っていた水と簡易食をルイに差し出した。

「取り敢えず飲め。食えるようなら食え」

ルイは素直に水を飲み、ゼリータイプの簡易食を呑み込んだ。

空き容器をポケットにねじ込むルイの前に、リュックを胸の前に抱えた遼介がしゃがむ。

「？」

「何をしている。早く乗れ」

「おっ……！」

思わず声を上げ掛けたルイが自分の口を塞いだ。

「俺を背負っていくつもりか⁉」

そして小声で言い直す。

「今のお前の状態ならば、この方が速い」

「馬鹿を言うな！　逃げ切れるはずがない」

「そっちこそ馬鹿にするな。お前一人くらい大した負担にはならない」

強い口調で断言する遼介。

彼の本気度合いを知って、ルイは絶句する。

「お前を無事連れ帰るのがミレディのご命令だ。俺はあの人の命令を絶対に果たす。異論は認めない」

そして遼介の狂信に触れて、ルイは説得を諦めた。

大人しく遼介の背中に身を預ける。

ルイは身長百七十六センチ。遼介は百八十センチ。体重もほぼ同じだ。負担にならないはずはないが、遼介はルイが一人の時を上回るスピードで沢を駆け下り始めた。

しかも、ライト無しでだ。

「お、おい」

恐怖を禁じ得なかったルイが、思わず遼介に話し掛ける。

「黙ってろ。舌を噛むぞ」

ルイは黙った。舌を噛む心配よりも、遼介の邪魔になると思ったのだ。

石の多い沢筋は、さすがに無音というわけにはいかない。石が擦れ合う音を伴奏に、遼介は麓へ向かって駆け下りていく。

だがその快進撃は、十五分足らずしか続かなかった。

森の中にたたずむローラの口から白い煙が漏れる。

彼女は石板を左脇に抱え、右手には細長いパイプ。日本の「煙管（きせる）」と呼ばれている物に形状が似ている。

ただしローラが吐き出しているのは煙草（たばこ）の煙ではない。

彼女自身が調合した麻薬――「魔女の秘薬」の煙だ。

彼女はパイプをくゆらせ、深く吸い込んだ煙をゆっくりと吐き出す。

その煙を焦点の合わない目で見詰めていたローラが、不意に忙（せわ）しなく瞬（まばた）きし、パイプを口元から離した。

「細い水の流れが見えました。ＦＥＨＲ（フェール）の泥棒猫は沢を下っています」

彼女は魔女の術で白い石板を奪ったルイ・ルーの行方を探っていたのだった。

「その沢は何処（どこ）にありますでしょうか」

ローラの言葉に女性の部下が問い返す。

「あちらです」

ローラは気を悪くした素振りも見せず、パイプを真横に向けた。

「直ちに向かいます」

ローラの回答を得た部下は耳に付けた通信機のスイッチを入れながら、パイプで指し示された方に向かって走り出した。

その場にいた他のメンバーも彼女の後に続く。

最後にローラがゆっくりした足取りで歩き始めた。

遼介（りょうすけ）は囲まれていた。

最初は背後から追い掛けてくるだけだった。後方の敵を認識した遼介（りょうすけ）は背負っているルイの存在もあり、逃走を優先した。

それは、間違いだった。

前方に潜む三人の待ち伏せ。それに気付き、今度こそ強行突破の覚悟を決めた遼介（りょうすけ）。だが彼が進むのと同じスピードで、待ち伏せの三人も下がった。

同じ距離を保つ追跡者と伏兵。さすがに不審感を覚えた時には、左右も塞がっていた。低い崖の上には敵の姿があった。

前後左右、三人ずつ。合計十二人の包囲網。

「ルイ、動けるか？」

遼介が立ち止まり、背中のルイに話し掛ける。

「あ、ああ。御蔭で随分回復した」

そう言いながらルイが遼介の背中から降りる。

「だが、遼介……」

どうするんだ、という言葉にならない問い掛けに、

「強行突破。それしかない」

遼介はリュックを背中に背負い直しながら、端的に答えた。

その答えが聞こえたのか彼を囲む十二人から敵意と、魔法の発動兆候が溢れ出す。

一触即発。

しかしその空気を保ったまま、舞台は新たな登場人物にしばしの時を譲る。

登山にはおよそ不向きな服装のローラ・シモンが片側の崖に姿を見せた。

夜の闇よりも濃い黒のロングワンピース。

わずかにのぞく足元は登山靴どころかスニーカーですらなく、素足にサンダル。

日本の煙管に似た細長いパイプを右手に持ち、黒い石板を左脇に抱えている。

「こんばんは、泥棒猫さんたち。FEHRのサブリーダー、ルイ・ルーと、貴方は……リョースケ・トーカミだったかしら」

「ほぉ、俺のことを知っているのか。ドブネズミどもの親玉の情婦が」

ローラが眉を吊り上げる。気を落ち着ける為かパイプを吹かし、その煙を遼介に向かって勢い良く吐き出した。

息や煙が届く距離ではない。

だが遼介の身体から十センチ程の所で想子光が弾けた。

「へぇ……あれを防ぐとは、少しはできるようね」

ローラが感心したように、同時に小馬鹿にしたように呟く。

今の現象はローラの呪的な攻撃に遼介の「リアクティブ・アーマー」が反応して起こったものだった。

本来、個体装甲魔法「リアクティブ・アーマー」が想定しているのは軍隊による物理的な攻撃の遮断だ。旧第十研は「リアクティブ・アーマー」に精神干渉系魔法を防ぐ性能を与えていない。

だが遼介は長期間、強力な精神干渉系魔法を得意とするレナの側にいることでこの種の魔法に適応した。有害な精神干渉系魔法とそうでないものを識別し、害のある魔法を遮断する。

そのように「リアクティブ・アーマー」を進化させたのだった。

もっとも、攻撃を防いだからといって遼介に余裕は無かった。

ＣＡＤも使わず、意識を集中した形跡もローラには無い。ただ煙を吐いただけ。それで魔法を放ったことに、遼介は小さくない衝撃を受けていた。

（この女、サイキックなのか？　だが……）

ＦＡＩＲのローラ・シモンは魔女――古式魔法師と遼介は聞いていた。

一般に古式魔法師は、魔法の発動スピードに弱点がある。遼介もそのつもりで戦術を考えていた。

だがサイキックだとすれば、その特徴は正反対。魔法師とサイキックが戦う場合、スピードこそがサイキックの最大の武器だ。根本的に対策が変わってくる。

それに、たとえサイキックでも精神を集中する時間は必要になるはず。先程のローラの攻撃には、それすらもなかった。

（……悩んでも仕方がない。どうせ、俺にできることは限られている）

短く悩んだ末に、遼介は開き直った。

わずかに腰を落とす。血路を開くべく、彼はそれと分からぬように戦闘態勢に入った。

「ＦＥＨＲのトーカミ。今宵、私が欲するものは、お前たちの血ではないわ」

だがローラに対話口調で話し掛けられて、遼介は気勢を殺がれた。

「そちらの男が我々から奪った物を渡しなさい。そうすればこの場は逃がしてあげます」

「……これは元々、お前たちの物ではあるまい」

「私たちが掘り出さなければ、地中で眠っていた物よ。おそらくは、永遠に」

「だからといってお前たちの物にしていいという理屈にはならない」

「それは貴方たちも同じじゃないかしら。貴方が持ち帰っても良い理由にはならない」

「法に従い、しかるべき役所に届けてやるさ」

「ここが国有地だから？　それは違うわ、トーカミ。この土地も元は、政府の物なんかじゃない。土地は誰の物でもない。貴方が今持っている石板も、たった三百年前にできた国の物なんかじゃない。所有権を主張できるのは、それを残した人々だけよ」

遼介は咄嗟に、反論の言葉を捻り出せなかった。ローラの言っていることは現在の社会制度を否定する屁理屈だ。社会の中に生きて、その恩恵を享受している者が振り回して良い類のものではない。

だが「土地は誰の物でもない」という何処かで聞いたような安っぽい理屈が、不思議と遼介の胸に響いた。

「――ならばお前たちも石板の所有権を主張できないということだろう！」

言葉に詰まった遼介の代わりに反論したのはルイだった。

「誤魔化されるな、遼介！　奴らの目的が善良なものであるはずはない！」

ルイの言葉は、遼介を迷いから立ち直らせた。

目的。

使い方。

この石板が何なのか、どんな力を秘めているのかが分からないからこそ。

確かにそれが、問われるべきことだ。

「――交渉は決裂ということでいいのかしら」

ローラの声の、トーンが下がった。

おそらくそれは、部下に攻撃を命じる前触れだったに違いない。

だが、彼女がそれを口にするよりも早く。

遼介がリュックを投げ捨て地面を蹴った。

彼の身体が崖の上に向かって舞い上がった。［リアクティブ・アーマー］以外の魔法を苦手にしている遼介だが、単純な［跳躍］くらいは使いこなせる。

彼が跳び掛かった相手はローラだ。多勢に無勢の場合は、指揮官を無力化するのが常道。

だがセオリーだからこそ、相手も警戒していた。

遼介が繰り出した飛び蹴りを、ローラの隣にいた男が盾になって受け止めた。

異常とも言える反応スピード。それほど筋肉が発達しているようにも見えない体格なのに、足から伝わってきたのはタイヤを蹴りつけたような感触だった。

「ガァッ！」

男が獣のように吠えながら歯を剥き出しにして遼介に殴りかかる。いや、拳を固めて殴るのではなく、爪を立てた手を振り下ろしてきた。まるで大型の、戦闘犬のような動き。姿こそ変わっていないが、これではまるで……。

「人狼……？」

遼介が漏らした感想は、的外れではなかった。

この男は元々身体強度のみを強化する［身体強化］の異能者だ。しかし筋力増幅も知覚速度向上も伴わない強化は、単に頑丈になるだけ。怪我を負いにくくなるというだけで、喧嘩どころか単純肉体労働の役にも立たない。

だがその彼に、ローラが目を付けた。魔女の古式魔法には［狼憑き］という術がある。人体のリミッターを外し、理性を超えて獣性——闘争本能を高める。精神的な作用はある種の薬物でも可能だが、肉体の潜在能力を無理矢理解放してしまうところに魔法ならではの特徴がある。

普通の人間にこの［狼憑き］を使えば、日常的に使わない限界のパワーとスピードの使用を強制されてすぐに身体が耐えられなくなる。筋肉が炎症を起こすくらいならばまだ軽傷で、大抵は腱が切れたり骨が折れたりして動けなくなる。

だが身体強度上昇の身体強化能力者ならば、限界まで引き上げたパワーとスピードに肉体が負けてしまうことはない。［狼憑き］は肉体が持っていた性能を限界まで引き出すものでしかなく、人体の限界を超えたパワーやスピードを引き出す［身体強化］よりも負荷は一段も二段も落ちる。身体強度のみの強化であっても、「狼憑き(ウルフヘジン)」のパフォーマンスをフルに発揮できるのである。

　これはローラだけでなく、男にとってもメリットがあった。使えない自分の異能を、たとえ獣のような兵士に成り下がるとしても、魔女に下僕として使われるとしても、有効に活用できるのだ。自分が役立たずであることに悩んでいた男はローラの下僕、「使い魔」になった。

　ローラによって術を掛けられているのは、実のところこの男だけではなかった。ＦＡＩＲ(フェア)の構成員は百名弱。ストリートギャングに似て常に増減しているので、正確な人数はリーダーのディーンも把握していない。

　その内、実戦レベルの魔法師は三分の一前後。残りの六十余名は魔法資質はあっても実用に堪(た)える魔法を使えない。――「狼憑(おおかみつ)き」となった男のように。

　その六十余名中、二十人以上がローラによって力を与えられることを選んでいた。

　古式魔法『魔女術(ウイッチクラフト)』の特徴は人間という現象への干渉。自然現象を改変するのではなく、人間の意識・感情の在り方、肉体の性質を改変する。「魔女」と言えば現代魔法とは異なる術理による「飛行術」を思い浮かべる者が多い。だが『魔女術(ウイッチクラフト)』の中では、「飛行術」は非主流であり、むしろ例外なのである。

　このようにＦＡＩＲ(フェア)はローラの『魔女術(ウイッチクラフト)』を利用して、使えないはずの低レベル魔法師から戦力を確保しているのだった。

今回の発掘隊のメンバーも、半数はそのような者たちから選ばれている。［狼憑き］の魔法を掛けられている者も、遼介に襲い掛かった男だけでは無かった。

ローラが隣に控えているまだ二十歳前後の青年の耳に口を寄せ、異国の言葉を囁いた。この青年も前の身体強化能力者とは別種の［狼憑き］に適合した低レベル魔法師だった。

ローラが囁き掛けていた口を離した。

青年の目に狂気が宿る。

青年の口から獣声が迸り、遼介目掛けて背中から襲い掛かった。

遼介の首を締め上げようと腕を巻き付ける。

しかし青年の腕は、遼介の首まで直に届かなかった。

五センチほどの隙間が空いている。

［リアクティブ・アーマー］による防御だ。

遼介が青年を振り解こうと背後に肘を突き出した。

後猿臂が決まる。

心が獣と化した青年も、骨の芯まで伝わる痛みは無視できない。遼介の背中から離れ、後方によろめく。

最初に相手をしていた男が遼介に摑みかかる。

既に体勢を立て直していた遼介は、男を正拳で迎え撃った。

個体装甲魔法の対物不可侵障壁で覆われた拳は、鋼鉄を凌駕（りょうが）する硬度を持つ。

肉体の強度を引き上げていようと、これには抗し得ない。

鳩尾（みぞおち）を抉（えぐ）った遼介（りょうすけ）の拳は、ローラの魔法も関係無しに男の意識を奪った。

振り返った遼介（りょうすけ）は、彼の首を絞めようとした青年に前蹴りを見舞った。

身体（からだ）を「く」の字に曲げて青年が崩れ落ちる。

たちまちの内に二人を無力化した遼介（りょうすけ）。

次の敵を警戒して周りを見回す。

視界の下方に苦戦するルイの姿が映った。

移動魔法による投げナイフや投石。燐（りん）を用いた火球や、スタンガンの火花を増幅して放つ小規模な落雷。

ルイは接近戦ではなく、魔法による十字砲火を受けている。

それを見た遼介（りょうすけ）は、崖の下に飛び降りた。

いったんローラへの攻撃を断念することになるが、今はルイの危機（ピンチ）を救う方が優先される。

沢の麓（ふもと）側に立ち、ナイフや石礫（いしつぶて）の盾となる遼介（りょうすけ）。

火球も落雷も、遼介（りょうすけ）の魔法装甲を破ることはできない。

——だがこれは、悪手だった。

遼介（りょうすけ）には遠隔攻撃の魔法が無い。不破（ふわ）の装甲を纏（まと）った肉弾戦だけが彼の攻撃手段だ。

再び沢に下りたことで、遼介はルイの盾になる以外にできることが無くなってしまった。遼介だけでなく、ルイにも［ドッペルゲンガー］を使う余裕が無い。

ジリ貧だった。

その中で遼介は不意に、今までに無い想子波動の高まりを感じた。

現在攻撃を受け止めている相手の魔法は、言っては何だが二流。

遼介は達也や深雪の魔法をまだ体験していない。だが真由美の魔法ならば間近で感じた。

FAIRの十字砲火は真由美の魔法とは比べものにならないし、前回襲われた進人類戦線の魔法にも劣る。

だが今、崖の上から伝わってくる波動は、真由美から感じたものに勝るとも劣らない。

波動の源はローラ。

止めを刺す大技を繰り出すつもりなのだろう。

（……俺一人なら耐えられる）

（だがルイは……）

遠上の――『十神』の［リアクティブ・アーマー］は一人だけの魔法。

術者一人しか守らない。

（……俺に［ファランクス］が使えたなら……）

「数字落ち」ではない、「数字付き」である『十文字』の魔法なら、この状況はピンチとすらも言えないだろう。ルイを守りながら悠々と脱出できるに違いない。

遼介は自分が「数字落ち」であることに、初めてと言って良い口惜しさを覚えた。


——その時。

——救いの女神が舞い降りた。


突如、空中に出現した光り輝く人影。

彼女から柔らかな光に乗せて、安らぎをもたらす波動が放たれる。

十字砲火が止んだ。

ローラを除くその場の誰もが、憂いを忘れた顔をしている。

そのローラですら、魔法の構築を中断していた。

おそらく彼女の魔法は、エネルギー源として「負の感情」を必要とするのだ。

それが「女神」から放たれている安らぎの波動によって、かき乱されているのに違いない。

「ミレディ……」

遼介の口から感極まった呟きが漏れる。

「女神」はレナだった。

遼介が倒した二人を除く、FAIR所属の十人の魔法師を無力化し、ローラの邪魔をしているのはレナの魔法だ。

精神干渉系魔法［ユーフォリア］。

多幸感で酩酊状態をもたらす霊子波を、想子波動に乗せて放つ魔法。対象範囲は最大で半径九十メートル前後。対象人数は最大で三十人前後。

これはレナにとって最大の魔法ではない。

バンクーバーからシャスタ山まで、およそ千キロ。

この距離を跨いでアストラル体を飛ばし、十人を無力化し、「魔女」の魔法を妨げる。

それでもまだ、レナの限界には程遠かった。

『遼介、ルイ、今の内です』

「ミレディ、感謝致します！」

「ありがとうございます」

遼介とルイが、口々に礼を述べて動き出す。

遼介は抜け目なく、投げ捨てたリュックを拾った。

沢を下る遼介とルイ。

二人の姿が見えなくなるまで、レナのアストラル体はローラ・シモンを含むFAIR（フェア）のメンバーをその場に釘付（くぎづ）けにしていた。

レナのアストラル体が消え、［ユーフォリア］の効力が切れる。

「——サノバビッチ（Son of a bitch）！」

アストラル体が浮かんでいた虚空（こくう）を睨（にら）んで、ローラは呪詛（じゅそ）を吐き出した。

【5】帰還／帰国

シャスタ山の麓で迎えの自走車に拾ってもらって、最寄りの町の空港とも呼べないような滑走路で軽飛行機に乗り込んで。

遼介とルイがバンクーバーに戻ったのは真夜中のことだった。

もう遅いので帰還の報告は明朝にしようと遼介は思っていたのだが、レナはまだ起きているからと自走車の中でシャーロットに言われて、彼はホテルに戻るのではなくFEHR本部に同行した。

「ミレディ、ただ今戻りました」

「ご心配をお掛けしました」

遼介がレナに挨拶した後、ルイが謝罪の言葉と共に深々と頭を下げた。

「ルイ、お疲れ様でした。無事で何よりです……」

レナはルイの無謀な行いを責めなかった。彼女は泣き笑いの顔でルイを労った。

そしてレナは、感極まった表情で遼介の手を取った。

「遼介、貴方の御蔭です。本当にありがとうございます」

右手をレナの両手で包み込まれた遼介は言葉と落ち着きを共に失う。

「あっ」とか「その」とか口の中で呟いた後、

「……いえ、全てミレディのご助力あってこそです」

何とかまともなセリフを絞り出した。

「こちらこそ、危ないところをありがとうございました」

一度口舌の硬直から脱すれば、感謝の言葉があふれ出す。

「私の力だけではあの窮地を脱することはできなかったでしょう。私とルイが大きな怪我も無くこうして戻って来られたのはミレディの御蔭です」

「遼介が勇敢に危地へ飛び込んでくれたからこそですよ」

照れた表情でレナが手を離す。

それを残念だと思うより、遼介の意識は「可愛い」という想いに占められた。

そしてすぐに「そんなことを考えるのは不敬だ」と自分を責めた。

「――ルイ、あれを」

不埒な煩悩を断ちきる為に、遼介は実務的な問題へ意識を向ける。

ルイが「ああ」と頷いて床に置いていたリュックを持ち上げた。中にはあの白い石板が入っている。これに関しては石板を奪ったルイが報告すべきだと考えて、遼介は彼にリュックを預けていたのだ。

「……それは？」

石板を見たレナが、当然かもしれないが、不思議そうに訊ねた。

これまでに公開されたレリックとは明らかに異なる形状。一見、単なる大理石の板だ。

しかしすぐに大理石ではないと気付く。自然石ではほとんどあり得ない程の、完全に白一色の表面。ただし工業的に加工された化粧板のような均一な白ではない。明るいところで見ると、微細な艶の違いが複雑に絡(から)み合(あ)っているのが分かる。

「ＦＡＩＲ(フェア)がシャスタ山中の洞窟から掘り出した石板です」

「……随分綺麗(きれい)ですね。地中に埋まっていたにしては、目立った傷も無いようですが」

「ええ、ただの石材ではないでしょう。レリックか、それに類する遺物だと思われます」

レナがもう一度、興味深げに石板を見詰めた。

「これが、ＦＡＩＲ(フェア)が手に入れようとした遺物ですか……」

「いえ……。ＦＡＩＲ(フェア)の本命は、これと一緒に出土したもう一枚の石板だったと思われます」

レナの呟(つぶや)きに、ルイは決まり悪げに応える。

「同じ物がもう一枚あったのですか？」

「同じではありません。もう一枚は黒い石板でした」

「そうですか……」

少しの間、目を伏せて考え込んだ後。

「……ですが、ローラ・シモンが態々(わざわざ)持ち帰ろうとした以上、この石板にも何らかの価値があるはずです」

ルイと目を合わせて、レナはそう言った。

「それに少なくとも、この石板には証拠物としての価値があります。ルイ、ご苦労様でした」

「……はい」

レナの言葉は彼を慰める為のものではあっても、気休めではない。

単なる気休めではないからこそ、ルイは救われた気分になった。

その遣り取りを見ていた遼介は「さすがはミレディだ」と少々色ボケか、さもなくば狂信的なことを考えていた。

◇　◇　◇

ローラがディーンの前に出頭したのは翌朝のことだった。

サンフランシスコには昨夜の内に戻っていたのだが、その時間からだとベッドを共にすることになる。加虐趣味があるディーンは疲れているローラを見たなら、ここぞとばかり責め立てただろう。それが億劫だったのだ。

「ローラ、まずはご苦労だった」

「いえ、閣下の為ならば」

ディーンの言葉に恭しいお辞儀で応えた後、ローラは黒い石板を差し出した。

「今回の成果か」

ディーンは石板を二、三度ひっくり返して眺めた後、ローラに「これは？」と問い掛けた。

「私たち魔女の間では『導師の石板』と呼ばれております」

「導師の石板、か。これは何の役に立つのだ？」

「導師の石板は魔導書です。手にした者に強力な秘術を授けると伝えられております」

「ほう、秘術か」

「はい。ただ、私も実物を見るのは初めてですので使い方や、どんな秘術が記されているのかについては暫しの間、調査の為の時を頂戴できないかと」

ローラがディーンの前で深く膝を折り頭を下げる。

「分かり次第、報せてくれ」

ディーンはそう言いながら石板を彼女に差し出し返した。

「ありがとうございます。閣下のご期待には決して背きません」

ディーンは「うむ」と頷いた後、思い出したように「ああ、それと」と付け加えた。

「石板はもう一枚あったと聞いているが」

発掘隊のメンバーが、ローラを出し抜いて告げ口したのだろう。石板を奪われたことそのものよりも、レナに後れを取ったことを材料に、ディーンの寵愛を奪おうと考えたのかもしれない。ディーンがレナに対して強い対抗心を懐いているのは、FAIRの中では公然の秘密だ。

もっとも、ローラに動揺は無かった。

「もう一枚の方は、導師の石板ではありませんでした」

「だが、何かしら意味があったのではないか？」

「件の洞窟に同じ種類の白い石板が、まだ十枚以上埋もれているのを透視致しました。お許しいただけますなら、それらも掘り出してくるよう命じたいと存じます」

ディーンが口の両端を吊り上げる。その目は貪欲な光を放った。

「許す。早速手配しなさい」

「かしこまりました、閣下」

ローラは『導師の石板』を胸の前に抱えて、ディーンの前から退いた。

◇　◇　◇

現地時間七月二日午前十一時、バンクーバー国際空港。

真由美、摩利、遼介の三人は、正午の便で日本に帰国する。達也から託された仕事は四日前に終わっていたので本来であれば帰りの便を早めることもできたはずなのだが、レストランの駐車場で襲われた件の事情聴取があった所為でそうもいかなかったのだった。

「真由美、お名残惜しいです」

「今度はレナが日本に来てください」

出発ロビーでは、すっかり仲良くなった真由美とレナが別れを惜しんでいた。

「すみません、ミズ七草。ミスター遠上を少しの間、貸していただけませんでしょうか」

その横からシャーロットが真由美に話し掛ける。

「ええ、良いですよ。搭乗手続きはもう終わっていますし」

レナとの最後のお喋りに気を取られていた真由美は、深く考えずに頷いた。

摩利は少し訝しげな顔をしていたが、彼女の仕事は真由美の護衛だ。遼介については守備範囲外。干渉はしなかった。


レナから引き離された遼介は少し不満そうだったが、大人しくシャーロットに付いていった。シャーロットはロビーの隅で足を止めて携帯端末にイヤホンを繋ぎ、端末ごと遼介に差し出した。

訝しげな表情で遼介はイヤホンを耳にはめた。そしてジェスチャーによる指示に従って、一時停止状態だった動画ファイルを再生する。

『遼介、先日は本当にありがとうございました』

思わず声を上げそうになった遼介だが、何とか口の中で押し止めた。録画で彼に話し掛けてきたのはレナだった。

『この上、またお願い事をするのは、本当は心苦しいのですが……』

セリフと連動する声音と表情。

（お気になさる必要はありません。何でも仰ってください！）

遼介は心の中の叫びでそれに応える。

その熱量を考慮すれば、声を出さなかったのは評価できるかもしれない。

『実はシャスタ山の一件がまだ続いているようなのです。遼介たちが持ち帰ってくれた石板と私立探偵が撮ったビデオをサンフランシスコ市警に、ビデオはシスキュー郡警察にも提出したのですが、今のところどちらにも目立った動きはありません。ＦＡＩＲはまだ盗掘作業を続けているようなのですが』

ここまで聞いて、遼介は思わず舌打ちを漏らした。

『この一件でＦＡＩＲを放置してはおけません。彼らの好きにさせておくと、とんでもないことが起こる……。そんな気がするのです。そこで遼介、日本に戻ったらミスター司波と面談する場を設けてもらえませんか』

遂に遼介は「えっ？」と声に出してしまった。ただその声は小さく、真由美たちの耳には届いていなかった。

『時間を教えてくれれば、遼介の側にアストラル体でお邪魔します。色々とお願いしてばかりですが、どうかよろしくお願いします』

レナの動画メッセージは、ここで終わった。

遼介がシャーロットに端末を返す。

「レナが口頭で依頼をしなかったのは、ミズ七草たちに知られたくないからです」

端末を受け取りながらシャーロットが念を押す。

遼介は「もちろん、分かっています」と頷いた。

「では呉々も内密に」

もう一度念を押して、シャーロットはレナが真由美と話をしているところへ戻る。

遼介も、すぐその後に続いた。


保安検査場を通り抜けて搭乗ゲートへ向かう途中、遼介は真由美から何の話だったかを訊ねられた。

当然訊かれると、この質問を想定していた遼介は「こっちの男友達からの、若い女性の耳を憚る内容のメッセージを聞かせてもらっていた」という内容の作り話で答えた。

◇　◇　◇

翌日の朝、ワシントン州フェアチャイルド空軍基地。

リーナは連邦軍士官の制服に着替え『リナ・ブルックス』のＩＤカードとパスポートを持って輸送機のランプの前に立っていた。

彼女の前にはラルフ・ハーディ・ミルファク大尉とソフィア・スピカ少尉、それにスターズ総司令官ベンジャミン・カノープス大佐の三人が見送りに来ていた。

「フィフィ、ハーディ、それにベン。色々とお世話になりました。短い間でしたけど、会えて嬉しかったです」

リーナが手を差し出す。

その手を順番に握り返しながら「また来てください」とソフィアが、「お元気で」とミルファクが言葉を返す。

そして最後にカノープスが、

「リーナ、お体に気を付けて。困ったことがあれば何時でも連絡してください。どんな時でも必ず力になりますから」

と応えた。

仕事関係、利害関係を超えた、深い友情が感じられるセリフ。だがリーナは、涙ぐんだりしなかった。

「ありがとう。皆もお元気で」

リーナは笑顔で手を振って、輸送機に乗り込んだ。

外見は兵員輸送機だが、中はビジネスクラスの旅客機並みに充実していた。

クッションの効いたシートに身体を預けてリーナは窓の外を見る。

彼女の視線に気付いたのか、少し離れた所でカノープスたちが手を振っている。

リーナの中で今更のように別れを惜しむ気持ちが湧き上がり、祖国に対する感傷を覚えた。

シートで目を瞑り、センチメンタルを内側に封じ込める。

そのままの状態で、彼女を乗せた輸送機はアメリカの大地から離陸した。

【6】アメリカからの依頼

七月五日、午後四時半。伊豆、魔工院理事室。

達也が自分の執務室として使っているこの部屋で彼は今、一組の男女と向かい合っていた。

男性の方は遠上遼介。USNAのバンクーバーに本拠地を置く魔法師人権団体FEHRのメンバーで、メイジアン・カンパニーの従業員でもある。

女性の方はレナ・フェール。FEHRの代表で、外見は十六歳前後の美少女だが実年齢は三十歳という特異体質の持ち主だ。

なお、ここにいるレナは実体ではない。肉体とほとんど区別が付かないが——達也のような「眼」の持ち主でなければ全く区別が付かないだろう——、このレナはアストラル体で、本人はバンクーバーにいる。星気体投射で太平洋を越えて意識だけを飛ばしてきたのだった。

より正確に言えば、自分の肉体の情報をコピーして作った想子情報体を可視化して、それに意識を憑依させているのである。

「……洞窟から掘り出した石板、ですか」

『はい。黒い石板と白い石板の二種類が確認できています。その内、黒い石板はFAIRに持ち去られました。白い石板については私たちが奪い返した後も、同じ種類の物を立て続けに何枚も盗掘しているようです』

レナのアストラル体は、シャスタ山で起こった石板を巡るＦＥＨＲとＦＡＩＲの衝突とその後の顛末を達也に語った。

「その石板はレリックなのですか？」

『私たちが確保して今は警察が保管している白い石板は、魔法的な力を発揮するという意味でのレリックではありませんでした。ただ、魔法的な遺物だったことは確かです』

「と仰ると？」

『白い石板に無彩色の想子を注入すると、表面に曲線を多用した模様が浮かび上がってきました』

　無彩色の想子とは、何の形も性質も与えられていない、波にすらなっていない均質な流れの想子を指す。喩えるならば面が鏡のようになっている湖の、静止した水が流れているイメージと表現すれば良いだろうか。無論自然に存在するものではなく、無彩色の想子を作り出すには高度な想子操作のテクニックが必要になる。

『私は、地図だと思います』

　レナの言葉に、達也は好奇心を隠そうともせず露わにした。

「地図……新たなレリックの埋蔵場所とか？」

『その可能性は私も考えましたが……もっと、とんでもない場所だと思います』

「発見されれば、現代社会に大きなダメージを与えるような物が埋まっている場所ですか？」

『あるいは、人類に大きな恵みをもたらすような物が埋まっている場所です』

「なる程」

達也はレナの考えを根拠薄弱と否定しなかった。

「その地図らしき石板も興味深い物ですが、ＦＡＩＲが持ち去った黒い石板の方が気になりますね」

『私もです。あの黒い石板は、大きな脅威に繋がっているような気がしてなりません』

レナ（のアストラル体）がブルッと身体を震わせた。

そんな彼女を、達也はじっと見詰めている。

「――それは予知ですか？」

『えっ……？　い、いいえ』

意表を突かれたのか一瞬固まったレナが、慌てて首を左右に振った。

『私に予知能力はありません。ただそう感じるだけです』

それは予知ではないのか、と達也は思ったが、口にはしなかった。

「……ミズ・フェール。貴女のご懸念は理解しました。それで具体的に、貴女は私に何を求めるのですか？」

レナは一瞬躊躇った後、――日本の慣用表現を使うならば――清水の舞台から飛び降りる決意を固めたような表情を達也に向けた。

『ミスター司波。難しいことは重々承知しておりますが……ステイツへ、ハワイなどではなく本土、西海岸へお越しいただけないでしょうか』

「アメリカ本土にですか……。即答はできません」

レナの予想に反して、達也はレナの要請を「無理だ」と切り捨てなかった。

実を言えば達也のUSNA本土訪問は、一般に考えられているほど難しくはないのだ。日本政府に達也を止める力は無い。いや、権限はあるのだがそれを振るう口実が無い。魔法師の出国自粛は、今回真由美の訪米により効力がゼロにこそなっていないものの大幅に薄れている。

一方で上陸される方のアメリカだが、USNA政府が恒星炉技術協力に絡んで達也を自国に取り込もうとしたのは、国防と外交の関係者の間では公然の秘密だ。USNA政府高官は、達也がアメリカにいようが日本にいようがその脅威度に大差は無いと理解している。達也は世界中何処であっても一瞬で爆撃できることを、ペンタゴンは知っている。

達也には自分たちの司法権力が及ぶアメリカ国内にいてもらった方が脅威をむしろ減らせるのではないか、と考えるUSNA政府関係者は、決して少なくない。達也が入国を希望したなら、反対する者はいるだろうが最終的には許可される公算の方が高いのである。

「ただミズ・フェールが仰るような、世界の安寧を損なう兆候が見られた場合には、万難を排してお邪魔させていただくことになるでしょう」

『――そのお言葉、心強く存じます』

レナが両手を自分の胸に当てて和らいだ表情で目を伏せる。それはまるで、達也の言葉を自分の胸の中に、大切にしまい込むような仕草だった。——遼介の目には、そういう風に映った。

遼介は達也に対して、嫉妬を覚えずにはいられなかった。

達也はレナに対して安請け合いしたわけではなかった。

「……達也様、何かお悩みですか？」

その日の夜、調布の自宅で深雪にこう問い掛けられる程には、レナの申し出を真剣に検討していた。

「深雪、少し話を聞いてもらって良いか？　一緒に考えて欲しいことがある」

深雪に相談することを、達也は迷わなかった。

「はい、何でしょうか」

リビングで何事か考え込んでいる達也の為にアイスハーブティーを持ってきた深雪は、ガラスのティーカップをローテーブルに置いてエプロンを着けたまま彼の正面に座った。

「今日の夕方、魔工院でレナ・フェールの訪問を受けた」

「FEHRの！　……星気体投射ですか？」

驚きは隠せぬものの、深雪はすぐに何があったのかを理解した。以前、糸魚川で進人類戦線が盗難事件を起こした時期に達也から聞いた、レナがアストラル体で遼介に会いに来たという話を深雪はすぐに思い出した。

「そうだ。生身の身体とほとんど見分けが付かない、見事なものだったよ」

「FEHRの『聖女』。……侮れませんね」

『聖女』というのはレナに付けられた異名だ。組織内では『ミレディ』と呼ばれている彼女だが、組織外の支持者からは『聖女レナ』と呼ばれることが多い。

これはおそらく彼女が［ユーフォリア］を始めとして、憂いを忘れさせ心の痛みを取り去る精神干渉系魔法を得意としていることに由来している。——たとえそれが一時のものであったとしても、その一時的な慰めを「救い」とする者がいるのだ。

なお『レナ・フェール』というのも偽名だ。いや、芸名みたいなものか。プライベートでも『レナ・フェール』と名乗っているから、ビジネスネームではない。今では自分でも滅多に使わなくなった彼女の本名は『レナ・シュヴァリー』という。

「彼女は俺に渡米を依頼してきた」

「達也様をアメリカに？　一体、どのような用件なのですか？」

達也は深雪に、シャスタ山で発掘された石板を巡る争いについて説明した。

「そうですか。遠上さんがアメリカでそんなことを……」

その時間、遼介が達也に与えられた真由美の付き添いという仕事を放り出していたことについては、深雪も特に責めなかった。

「レナ・フェールは、FAIRの手にある石板に不吉な予感を覚えているらしい」

「良くないことを起こしそうだというのは理解できますが……」

深雪が訝しげに首を傾げる。

「達也様をアメリカに招いて、何をさせるつもりなのでしょう？　何が起こるかまだ分からないのに、達也様に助けを求める意味が分かりません」

「それも予感なのだろうな。事態の解決には、俺の手助けが必要になるという」

「……それはもう、予知の域なのでは？」

「俺もそう思う」

リビングに短い沈黙が訪れた。

「……達也様、如何されますか？」

「まだ起こっていない事件に対策することなどできないし、何かが起こるまで現地で待っているような余裕も無い」

「では事件が起こってから対処されるのですね」

深雪は達也の答えを誤解しなかった。彼が口にしなかった部分まで、正確に読み取ってみせた。

「考えていたのは渡米する方法だ」

達也もそれを当然という顔で話を進めている。

「七草先輩のように、普通に出国するのではいけないのですか？」

「不可能ではないが、余り強引な手は採りたくない」

正規の手続きで達也の渡米を止めることはできない。だが、邪魔は入るだろう。結果的に無視し得ない時間のロスが生じる可能性があった。

それを考慮すれば、法に触れる可能性はあっても密出国する方が収支はプラスになるというのが達也の考えだった。

◇　◇　◇

西暦二一〇〇年七月七日、水曜日。

平日にも拘わらず、達也は職場にも大学にも行かなかった。

彼は午前中の早い時間から、四葉本家を訪ねていた。

「どうしたの？　呼ばれていないのにこちらへ来るなんて珍しいですね」

挨拶に訪れた達也に、真夜が意外感とからかいを混ぜた言葉を掛ける。

達也はからかわれたのを無視して、レナの訪問について話した。

「黒と白の石板……。興味深いお話ね」

「魔法的な遺物であるのは確実だと思われます」

「新種のレリックかしら？」

「実物を手にしてみなければ結論は出せませんが、話を聞く限りでは、レリックとは性質の異なる遺物ではないかと」

「白い方は一枚、警察署にあるのですよね？」

「手に入れるのは不可能ではありませんが……」

「ええ。それは最後の手段にしましょう」

二人とも、「警察から盗み出す」ということに困難を覚えている顔ではなかった。

「それで今日は何をしに？　私に報告に来てくれたのではないのでしょう？」

「報告は必要だと考えました」

「この後は？」

「[鬼門遁甲]の研究状況を見せてもらいたいと思います」

「ええ、良いですよ」

周公瑾の追跡に苦労させられてから、四葉家では[鬼門遁甲]についての研究が進められてきた。主に[鬼門遁甲]の破り方についての研究だが、現代魔法で同じ効果を実現する術式の開発も同時に進められている。

「夕歌さんは何時もの研究室にいるはずです」

その研究の中心になっているのが四葉分家の一つ、津久葉家の次期当主、津久葉夕歌だ。津久葉家は精神干渉系魔法に高い適性を有しており、夕歌はその中でも次期分家当主の名に恥じぬ特に優れた適性の持ち主だった。

「それでは、これで失礼します」

達也は立ち上がり、真夜だけでなく彼女の背後に控えた葉山にも一礼して部屋を出て行った。

残念ながら達也は夕歌に、すぐに会うことはできなかった。

「お待たせしてごめんなさい」

本家とは別の建物になっている研究施設の喫茶室で待つこと三十分、夕歌はようやく姿を見せた。

「いえ、こちらが急に押し掛けたのですから」

夕歌にそう応えて、達也は同席していた研究者に離席を告げた。

名残惜しそうな、物足りなそうな研究者に見送られてテーブルを離れる達也。

一緒に喫茶室の出口へ向かいながら、夕歌は達也に笑い掛けた。

「人気者ね、達也さん」

「俺にとっても、ここの研究者との議論は大学以上に有意義です」

「お願いだから、お手柔らかに。最近、巳焼島に異動を希望する研究スタッフが多くて頭を悩ませているのよ」

夕歌は分家の有力者として、この「村」にある研究施設の管理の一端を担っている。研究所は水平的な組織構造であり特に肩書きは付いていないのだが、ポジション的には調整施設を管轄している紅林執事に次ぐナンバーツーの権限が与えられていた。

「俺が勧誘しているわけではありませんが」

「まあ、そうなんだけど」

夕歌も事情は理解している。研究者は学術的好奇心から達也と一緒に仕事をしたがっているだけだ。それでも不満を懐くのは抑えられない、むしろ当然、という顔を彼女はしていた。

「そう言えばご結婚が決まったそうですね」

「うえっ⁉」

達也の奇襲に、夕歌の口から調子外れな声が漏れた。

「おめでとうございます」

「あ、あははは……。その、私も今年で二十六歳だから」

空笑いをしながら夕歌が目を泳がせる。明らかにこの話題を嫌がっていた。彼女のうんざりした表情からは、周りからしつこく結婚を急かされていただろうことが窺われる。

——そうと知りながら、達也はこの話を持ち出したのだが。

夕歌が速歩になった。無論、達也がついて行けない程ではない。

自分の研究室に入って、夕歌は早速達也に用件を訊ねた。結婚の話を蒸し返されてはたまらない、とでも考えたのだろうか。

「夕歌さん、［鬼門遁甲］は何処まで再現できましたか？」

達也も世間話をしに来たのではないので、すぐ本題に入った。

「ああ、その件」

夕歌がそれと分からぬ程度に眉を顰める。

「強がっても仕方が無いから正直に言うわね。今のところ、再現の見込みはありません」

「そうですか……」

「九島光宣からノウハウはもらっているけど、現代魔法とはメソッドが違い過ぎて」

達也たちにとっては光宣は身内だが、四葉家全体としては「かつて戦った相手」という認識が強い。特に夕歌のような精神干渉系魔法を得意とする魔法師は、光宣に対して余所余所しい傾向がある。文弥が光宣に非友好的であるのも、単に同性で同い年のライバルというだけでなく、夕歌と同じく精神干渉系魔法を得意とする魔法師であるところにも原因があるかもしれない。もっとも深雪にはそのような傾向は無いので、一概に決め付けることはできないのだが。

「でも似たような効果を持つ魔法なら開発できたわ。［鬼門遁甲］とは全くの別物だけど」

「それは凄い」

達也は手放しで称賛した。

新しい魔法の開発は、それだけで価値がある。ましてやこれまで現代魔法にはなかった効果を持つ魔法を狙って作り出したのだ。単純に古式魔法を現代魔法にアレンジするより、大きな成果だと言えるだろう。学問的にも、実利的にも。

達也に称賛されて夕歌は鼻高々――とはならなかった。

「……褒めてもらってなんだけど、まだ完成ではないのよ。正確に言えばあと一歩で開発できそうな感じまで来ている、って段階ね」

「データを拝見しても良いですか？」

「もちろん。少し待ってね」

達也と向き合っていた長机から壁際のデスクに移動し、夕歌はノート型端末を持って戻ってきた。

タッチディスプレイとタッチ式コンソールの二画面デバイス。そのコンソール部に夕歌が指を走らせる。その直後、それまで白を基調とした幾何学模様だった壁にアルファベットと記号混じりの数式が表示された。魔法式の構造を表すデータだ。これを加工すると起動式になる。

達也が壁面に手を当てて式をスクロールする。かなりのスピードだが、夕歌には驚きも意外感も見られない。達也ならこの程度はできて当然と、彼女は理解していた。

「……この魔法に名前は付いていますか？」

「はっ？　……いいえ。まだ未完成だから」

「名前を付けてください。何処でつまずいているのか、分かったような気がします」

名前を付けるという行為は、その魔法の特許権を主張するようなものだ。生憎と使用料を回収するシステムは存在しないが、少なくとも名誉欲は充足される。

「嫌よ。未完成だと言ったでしょう。他人の成果を横取りするなんてごめんだわ」

達也が夕歌に名付けを依頼したのは、「この魔法は自分が完成させるから、貴女が開発者として登録しろ」という意味だ。夕歌はそれを正確に理解した上で、研究者としてのプライドを主張したのだった。

「でしたら、無事完成した後で一緒に名前を考えませんか」

達也もそういうプライドは理解できる。だから妥協案を提示した。

「……それなら」

「では少し弄らせてもらいます。三、四日程で結果が出ると思いますので」

「東京か巳焼島に持って帰ったら？　どうせ、行き詰まってしばらく放置していたものだし」

「良いんですか？」

「ええ。今、進めているのは［鬼門遁甲］の破り方の方だから。こっちもまだ一、二ヶ月は掛かるだろうし、新魔法の開発はその間凍結する予定だったの。達也さんが引き受けてくれるならちょうど良かったわ」

「では、そうさせてもらいます」

「ちょっと待ってね。今カードに落とすから」

夕歌が再びデスクに戻り、今度は備え付けのコンソールを操作する。

ほんの十秒程で、デスクの端からカード型のストレージが半ば飛び出した。夕歌はそれを抜き取り、ケースに入れて達也に手渡した。

「お預かりします」

達也はカード型ストレージが入ったケースをサマージャケットの内ポケットに入れて、研究所を後にした。

◇　◇　◇

四葉本家を訪れた翌日から達也は巳焼島の研究室で、新魔法の開発に集中した。滅多に無いことだが、文字通り寝食を忘れて取り組んだ。

インスピレーションに衝き動かされるまま、丸一日以上が経過した七月九日の正午前。

『達也様、申し訳ございません』

彼の個人的な執事である花菱兵庫が内線で、申し訳なさそうに話し掛けてきた。

彼には急を要する事態が生じた場合のみ連絡するように伝えてあった。

「何か起きましたか？」

『はい』

兵庫の声からは、珍しく緊張が窺われる。

どうやら本物の「急用」らしいと察して、達也は意識を切り替えた。

『USNAのジェフリー・ジェームズ様より、緊急にお目に掛かりたいとのご連絡が入っております』

ジェフリー・ジェームズはUSNA国防長官で次期大統領最有力候補、リアム・スペンサーの秘書官だ。スペンサーのエージェントとして、達也に会う為に巳焼島を何度も訪れている。

「つながっているんですか？」

『はい』

「五分だけお待ちいただくよう伝えてください」

『かしこまりました』

達也はいったん内線通話を切り、急いで身だしなみを整えた。

その上で電話室に移動し、ヴィジホンを操作して兵庫を呼び出す。内線を切ってから四分五十秒後のことだった。

「つないでください」

ディスプレイの中で兵庫が一礼し、それがフレンドリーな白人男性の顔に変わった。

「ＪＪ、約一ヶ月ぶりですね」

達也がジェフリー・ジェームズを『ＪＪ』と呼んでいるのは本人の希望だ。三年前の、初対面の際にそう言われて、達也は素直にこの愛称を使っている。

『ええ、タツヤ。お久し振りです』

「緊急に面会したいとのことですが、今どちらにおいでなのですか？」

電話ではダメなのか、とは達也は訊かなかった。「会いたい」と言ってきているのだ。電話回線越しでは話せない依頼か相談か抗議か、とにかく何かがあるに決まっている。それを「会わずに済ませられないか」と訊ねるなど、時間の無駄でしかなかった。

『実はそちらから約百二十マイル……あー、約二百キロ東方の海上にいます』

「……空母に乗艦されているのですか？」

『そうです。良くお分かりですね』

ＵＳＮＡ海軍の大型空母『インディペンデンス』が日本との合同訓練で西太平洋に来ていることを達也はニュースで知っていた。

もうすぐ大統領選挙を控えたスペンサーの秘書官であるＪＪは多忙だ。ハワイから空母に乗艦してきたということはあるまい。小型輸送機か何かで、太平洋上のあの艦に飛んできたのだと思われた。

『それで、もしお時間の都合が付くようでしたら、これからそちらにうかがいたいのですが』

「今すぐですか？　それはまた随分お急ぎですね」

『緊急にご相談したいことがあるのです』

相談と言っているが、この通話の感じからすると頼み事だろう。それも相当厄介な。

「分かりました。お待ちしています」

国防長官のスタッフがあそこまで切羽詰まった様子を見せるのだ。放置すると大火事になって、こちらに飛び火する可能性が否定できない。達也はそう考えて、ＪＪの訪問・面会を受け容れた。


恒星炉関連の技術交流もあり、巳焼島のスタッフはアメリカ人の来訪に慣れている。特にＪＪは短期滞在を頻繁に繰り返している。最近では、彼を迎えるのに空港スタッフが余分な緊張を懐くことは無くなった。

だが今日、一般に開放されている南東の空港ではなく北東の四葉家関係者専用空港に降りたＪＪのピリピリした様子には、空港スタッフもおっかなびっくりの応対になっていた。この段階で達也以外の者も、いつもとは違うという認識を共有した。

案内された達也と応接室で向かい合ったＪＪは、簡単な挨拶を交わした後、早速用件を切り出した。

「実は西海岸の都市オークランドで突如、会話能力を失う者が続出するという不可解な事件が起こっているのです」

「会話能力を失う？　喉や舌が麻痺してしまうのですか？」

達也はまず、有毒ガスの影響を疑った。

「いえ。第三者が聞く限り、正常に発音できています。そうではなく、それまで普通に会話できていた人間がいきなり言葉の意味を理解できなくなってしまうという現象なのです」

「脳機能障害を起こしているのでは？」

「確かに症状としてはウェルニッケ失語に似ています」

ウェルニッケ失語は大脳のウェルニッケ野と呼ばれる言語中枢の損傷が原因で、言葉の意味が理解できなくなる失語症だ。相手の話を理解できなくなるだけでなく、意味のある文章を喋れなくなる。発音は正常にできるのだが、言葉の意味が分からなくなる為に単語を正しく採用し並べることができず、支離滅裂な文章になってしまったりするのだ。会話だけでなく、読み書きの能力も影響を受ける。

「――しかし幾ら検査しても、大脳に異常は見られないのです。しかも数時間から一日前後のタイムラグを挟んで他人に症状が伝染する例も見られます」

「未知のウイルスによる病の可能性は？」

「徹底的に検査しましたが、ウイルスは既知の物しか検出できませんでした」

この答えは達也の予想どおりだった。こんな疾病が発生したら、徹底的なウイルス検査をしないはずがない。

「それに患者――暫定的に『患者』と呼んでいますが、患者は特定のスポットで発生するのではなく、発症者が出たスポットの近くで同時に他の患者が発生した事例もありません」

「有毒ガスやウイルスによる失語症ではないということですね」

「そう考えております」

なる程、確かに不可解な事件だった。

「……私のところに相談に来られたということは、この現象が魔法によって引き起こされたものではないかとお疑いなのではありませんか？」

「はい。我々は魔法を使ったテロ行為である可能性を疑っています」

これは達也が面会前に想定したよりも、遥かに深刻な事態だった。

魔法によるテロ行為。

仮にそれが冤罪でも、容易に「魔女狩り」を誘発するだろう。『人間主義者』のような過激派だけでなく、権力機関にまで「魔女狩り」が広まるかもしれない。

もし事実であれば、魔法資質保有者と魔法資質非保有者の戦争に発展する危険性がある。いや、そうなればメイジアン対マジョリティだけでなく、メイジアン同士の血で血を洗う抗争も発生しかねない。

冤罪であるにせよ、事実であるにせよ、可及的速やかな解決が必要だ。

「タツヤ。西海岸に足をお運びいただけませんか」

「貴国に、ですか……」

「現地と患者を見ていただいて、原因究明に取り組んでいただきたいのです」

「…………」

「スターズの恒星級隊員を始めとする何人もの魔法師に調査させましたが、成果は上がっていません。貴方が我々の、最後の頼みの綱なのです」

「一つ、教えてください。その疾病が発生したのは何時ですか？」

「最初の患者が発生したのは七日前です」

シャスタ山で黒い石板が発掘された直後か、と達也は直感的に考えた。

「――分かりました。ご協力したいと思います」

「おおっ！」

ＪＪが身を乗り出して達也の手を握り、何度も「サンキュー」と言いながら手を激しく上下に振った。

◇　◇　◇

東京・調布にある四葉東京本部ビルは、四階から上がマンションになっている。達也と深雪が暮らしている部屋は、その最上階にある。

ＪＪとの面会を終えた後、達也は予定より早く新魔法を完成させて自宅に戻った。

時刻は午後八時。小型ＶＴＯＬを使って屋上のヘリポートに着いた達也を深雪が待っていた。

「ただいま、深雪。出迎えありがとう」

態々屋上で待っていた深雪を達也が労う。

「お帰りなさいませ、達也様」

深雪は混じりけのない愛情で彩られた笑顔で達也に応えた。

部屋の中では、リーナが台所に立っていた。達也たちが入ってきたのを見て、オーブンレンジからお皿を取り出している。料理をしていたと言うより、調理機の番をしていたと言う方が適切だろうか。これは別段リーナに限ったことではなく、現代の日本では当たり前の台所風景である。

達也を待っていたのだろう。この家にしては少し遅めの夕食が始まった。

「達也様、随分お急ぎの仕事だったようですが、内容をうかがっても構いませんか？」

「タツヤ、巳焼島にこもって何をしていたの？」

昨晩帰らなかった件について、深雪とリーナから立て続けに質問が飛ぶ。決して問い詰める口調ではなかったが、二人とも訝しさを抑え切れない様子だった。

「新魔法を開発していた」

「本家からの依頼ですか？　一昨日、本家を訪問されたのはあちらからの呼び出しだったのでしょうか」

深雪の声音に、本家に対する非難の色が混じる。

「いや、違う」

達也は特に慌てることもなく否定した。以前であれば室内が霜に覆われていた状況だが、最近はそんなことも起こらなくなったので慌てる必要は無くなっていた。

「レナ・フェールの要請は覚えているだろう」

「はい。もしかして、その為の……？」

深雪のセリフに頷く達也。

「えっ、ステイツに潜入する為の魔法を創っていたの？」

そしてリーナが驚きの声を上げる。レナが達也に、アメリカに来て欲しいと依頼した件については リーナにも話してあった。

「ああ。レナ・フェールの依頼とは別に、ＵＳＮＡ西海岸へ赴かなければならない用事ができた。おそらく緊急事態と言っても過言ではないだろう。レナ・フェールの来訪は良いタイミングだった」

「……ステイツで一体何が起こっているの？」

リーナだけでなく、深雪も達也に真剣な目を向けている。

「実は今日、予定に無かったジェフリー・ジェームズの訪問を受けた」

達也はＪＪから聞いた事件について二人に語った。

「オークランドでそんなことが……」

「達也様。このタイミングで魔法の関与が疑われる事件が起こっているのは、まさか……」

「お前もそう思うか」

達也と深雪が目で頷き合う。

「チョッと！」

その声に反応して、二人はリーナに目を向けた。

「二人だけで分かり合わないでよ！」

達也と深雪はもう一度顔を見合わせた。

「シャスタ山で掘り出した石板をＦＡＩＲが持ち帰ったことはこの前話しただろう」

「ええ、覚えているわ」

アメリカ滞在中、リーナはその情報に触れる機会が無かった。彼女がこの件を知ったのは、達也の口からだ。

「FAIRが魔法的な遺物と推定される石板を持ち帰った。それから一週間も経たない内に、魔法の関与が疑われる異常な症例が発生した」

「……その石板が原因だと考えているの？」

「遺物の石板を使ってFAIRが引き起こしている疾病ではないかと懸念している」

「……大事じゃない！」

リーナが声を上げたのは、彼女も「魔女狩り」の可能性を思い付いたからだった。

「そうだな。緊急の対応が必要だ。仮に俺の考えすぎで無駄足になったとしても、それはそれで意味がある」

「すぐに出国しましょう。準備するわ」

リーナは達也が最後に付け加えた「意味」が何かなどまるで気にせずに、今にも旅行支度を始めそうな勢いだった。

「いや、リーナは日本に残ってくれ」

「何で⁉」

「今回はJJの依頼を受けて渡米する格好になる。つまり、ペンタゴンの依頼だ。君が同行したら、なし崩し的に復帰を強制されるかもしれないぞ」

「それは……あり得ないとは言えないけど」

睨み付けるように達也へと固定されていたリーナの瞳が、頼りなく左右に揺れた。

「それに、リーナには日本で頼みたいことがある」

「ワタシでなきゃ駄目なこと？」

「リーナでなければ頼めない」

「そ、そんなに言うなら……分かったわよ！　今回はお留守番してる。西海岸にはタツヤ一人で行くのね？」

「いや、深雪と二人で行くつもりだ」

「ミユキと⁉」

「わたしとですか⁉」

深雪とリーナが揃って目を丸くする。

「オークランドで発生している失語症が本当に魔法によるものだとすれば、考えられるのは持続的な系統外魔法だ。深雪の魔法でなければ対処できないかもしれない」

深雪は冷却魔法が得意だと一般には考えられているが、彼女が真に得意とするのは系統外・精神干渉系魔法だ。それも意識や感情に干渉するのではなく、精神（情報体）にダメージを与える魔法が彼女の持ち札。精神干渉系魔法で精神に持続的な干渉をすることで言語能力を撹乱しているのだとすれば、達也の［術式解散］より深雪の魔法の方が有効という可能性は小さくなかった。

「しかし、わたしと達也様が一緒に出国できますでしょうか？」

「叔母上は俺が説得する。安全面なら光宣たちにバックアップを頼む」

「……政府はどう思いますでしょう？」

憂い顔の深雪を元気づける為に、というには人の悪い笑みを達也は浮かべた。

「その為の新魔法だし、リーナに一肌脱いでもらうのもその為だ」

「……一体何を企んでいるの？」

リーナが目を細めて達也を睨む。

「まずは北海道旅行だ」

一見、脈絡の無いセリフと共に、達也はニヤリと笑った。

それは本格的に、人の悪い笑顔だった。

【7】渡米

五月の末近くに、達也は「来月、涼しいところへ旅行に連れて行く」と深雪に約束した。だが先月、その約束は果たされなかった。

七月十一日、日曜日。その埋め合わせをするという名目で、達也は深雪を助手席に乗せて自走車で北海道へ旅立った。

もうすぐ夏休みという時期に魔法大学を休んで北海道へと向かった理由を大学の友人たちには、購入を検討している掘り出し物の別荘の下見と告げてある。

事実、達也は北海道に向けてハンドルを握っている。運転する車はエアカーではなく、通常の自走車だ。

深雪は上機嫌だった。

達也が運転する車で、二人だけの長距離ドライブ。

達也と二人きりの旅行。

深雪の気分はもう、婚前旅行というよりハネムーン。

フィアンセの楽しそうなハミングを聴きながら、達也もまた笑みを浮かべていた。

自走車の内側は実に平和な雰囲気だったが、外側は対照的にピリピリしていた。

高速道路を行く達也の車を、交代で尾行する何台もの自走車。

尾行は、車だけではなかった。高速道路に配置された監視カメラはずっと達也の車を追い掛けていたし、空の上からも飛行船やＨＡＰＳカメラ（成層圏プラットフォームカメラ）による監視が行われていた。

達也たちが自宅を出た直後から、継続して、切れ目無く。

達也が北海道に向かうという情報を入手して、まず警戒を強めたのは国防陸軍情報部だ。北海道は新ソ連と対峙する最前線。新ソ連と大亜連合の間で摩擦が高まった時には、その影響を最も強く受ける地域でもある。

新ソ連や大亜連合を刺激するような真似はしてくれるなと、情報部のスタッフは祈るような気持ちで達也たちの車を注視していた。

警察の一部門である公安も、別の観点から達也の動向には注目していた。魔法師の権利団体（と、警察は考えている）メイジアン・カンパニーの活動が、人間主義者を始めとする反魔法主義団体を刺激し過激な反応を引き起こす危険性があると彼らは見ているのだ。

公安は達也と深雪の北海道行きを、旅行に偽装してメイジアン・カンパニーの活動拠点を北海道にも広げようと画策しているのではないか、という疑心暗鬼に陥っているのだった。

監視の目は、当局だけではない。日本に潜入している敵国のスパイも、監視に参加していた。

さすがに道路監視システムやＨＡＰＳカメラシステムはスパイの侵入を許していない。遠隔追跡の手段をスパイは持っていなかったが、尾行の車は新ソ連も大亜連合も走らせていた。

朝七時に調布のマンションを出発した達也は途中何回か休憩を挟み、夕方五時に函館に着いた。高速道路の最高制限速度が引き上げられた現代の道路事情を考えると、かなりゆったりとしたペースだったと言える。

函館の市街地に入った達也は、自走車をホテルに向けた。

今は夕方五時で、北海道での最終目的地は千歳。その前にカムフラージュで別荘地にも寄る計画だ。まだまだ先に進める時間だったが、今日は函館で一泊する予定にしていた。

ホテルに荷物と車を置いた達也は、深雪を連れて街に繰り出した。本格的に観光をするには少し遅い時間だが、夕方からでも楽しめるところはある。深雪は二十歳、達也は二十一歳なのだ。大人のデートには、むしろちょうど良い時間とも言える。

ちなみに達也は監視の目に気付いていたが、構わず深雪をエスコートした。

達也を見張っていた各陣営は、揃ってやる気を無くしていた。

昼過ぎ頃の時点で、段々自分たちがやっていることに疑問を覚える者が増えていた。達也の運転がのんびりしたものだった所為だ。

急ごうとする意思が感じられない安全運転。彼らの常識では、仕事中にはあり得ない時間の無駄遣いだった。

青函トンネルに近付いた頃には、陸軍の情報部員も公安のオペレーターも外国のスパイも、「今回は単なる婚前旅行ではないか……」と思い始めていた。

そして今、彼らの疑念は確信に変わった。

夕暮れの街を寄り添って歩く男女。その姿はまるで、いや、丸切りの新婚カップルだ。

人目を憚らず甘える新妻と。

人目を気にせずそれを許す新婚の夫。

そんな二人に当てられて（?）、監視者は一人、二人と脱落していった。

◇　◇　◇

翌日、達也は道南エリアの別荘地に向かって自走車を走らせた。

本当に別荘を購入するつもりは無い。あくまでもアリバイ作りだ。

ただ別荘を購入するだけの資金は有している。不動産会社に購買力を証明する為の資料も、達也は持ってきていた。それが物を言ったのか、別荘を案内する業者の態度はかなり親切なものだった。

深雪も若い女の子らしく——と言うと偏見があるかもしれないが——、オシャレな建物と内装を見て喜んでいた。達也が実際に購入を検討するという気紛れを起こす程度には。

結局買わずに見て回るだけで昼過ぎまで別荘巡りを楽しんだ後、達也は深雪を洞爺湖に連れて行った。

ただ景色を楽しむだけの時間だが、それが如何にも観光旅行という雰囲気を演出していた。

この段階で達也たちを尾行しているのは、陸軍情報部の部員が二人だけになった。

◇　◇　◇

達也たちは十二日、月曜日の内に千歳へ移動してそこでホテルに入った。もちろん予約済み。しかもスイートルームだ。

大学生の内からこんな贅沢をして……、と眉を顰める向きもあるかもしれないが、達也は普通の大学生ではない。その地位、その立場だけでなく、経済的にも。

彼でなくても魔法師の子女は実家に金銭的な貢献をしている例が多い。だから達也だけが例外というわけではなかったが、その程度が、規模が違う。達也は経済的にも、「例外」でなくとも「特別」だった。

ホテルのスタッフも達也の顔と名前と（表向きの）実績を知っていたから「この、どら息子……」みたいな目を向けられることはなかった。もっとも、蔑みの目を向けられたところで彼は全く気にしなかったに違いない。深雪に不快感を与えるのは、許さなかったかもしれないが。

とにかく達也は、ここでも申し分なく紳士的に深雪をエスコートして、一緒にスイートルームに入った。

翌朝、ホテルスタッフの格好をした男女がワゴンを押して達也と深雪が泊まっているスイートルームを訪れた。見た目は単なる、朝のルームサービス。他の宿泊客に偽装した情報部員も違和感を覚えなかった。

だが部屋に入ったその二人は、達也の合図でホテルスタッフの偽装を解いた。女性スタッフは黒髪の平凡な美女が絶世の金髪美女に。服装も、高級ブランドのワンピースに替わっている。平凡な男性スタッフは隙の無いたたずまいの、スポーティーなジャケット姿の紳士に。

「達也様、おはようございます」

紳士の方が改めて達也に朝の挨拶をする。

「ハァイ！　二人とも、昨日は熱い夜だった？」

金髪美女は親しげな声を掛けた。

「もう、リーナったら。何を言っているの……」

羞じらいながら深雪が「はい」でも「いいえ」でもない答えを返す。

その反応にリーナは「ワァオ！」と演技ではなく大袈裟に声を上げた。

もうお分かりだろう。女性スタッフはリーナが「パレード」で変身した姿だった。男性の方は達也の執事、花菱兵庫だ。

「達也様、深雪様。まずは朝食をお済ませください」

「花菱さんは召し上がらないのですか？」

「お気遣いありがとうございます、深雪様。リーナ様と私は既に済ませておりますので」

兵庫は深雪にそう答えて、ワゴンを奥の部屋に押していきテーブルの上にヨーロピアンスタイルの朝食を並べる。そして、こちらの部屋に戻ってきた。

「深雪、いただこう」

達也が深雪の腰に手を当てて朝食のテーブルに誘導する。

リーナはそれを、少し頬を赤らめて見送った。

およそ一時間後。スイートルームから二人のホテルスタッフと一緒に達也と深雪が出てきた。女性スタッフがワゴンを押し、男性スタッフがスーツケースを運んでいる。少し早いがチェックアウトするのだろう。

ただ何故か、女性スタッフは途中でワゴンを別のスタッフに渡して達也たちに同行している。男性スタッフはフロントで達也にスーツケースを渡して、女性スタッフと一緒にカウンターの裏へ姿を消した。

達也と深雪は係員がエントランス前の車寄せに移動させた自走車に乗ってホテルを後にする。二人を尾行していた情報部員も、すぐそれに続いた。

カウンターの背後に移動した男女のスタッフは、表から見えなくなるのと同時に姿を変えた。二人はリーナの「パレード」でホテルスタッフに変身していた達也と深雪だった。リーナが掛けていた［パレード］の効果が切れたのだ。

言うまでもなく自走車でホテルを発った「達也」と「深雪」は［パレード］で成り済ました兵庫とリーナだった。

まんまと入れ替わった達也たちは、地下駐車場に向かう。そこには兵庫が運転してきたエアカーが駐まっていた。

二人はそれに乗って北海道における最終目的地、千歳空港へ向かった。

◇◇◇

達也と深雪を乗せたエアカーが大型輸送機のスロープを登る。

二人の目的地は新千歳空港ではなく、その隣の国防空軍基地だった。ここを米軍が利用することは余り無いが、一応共同利用基地になっている。

今は珍しくUSNAの輸送機が滑走路に待機していた。日米共同軍事演習が急遽予定外に大規模なものとなり他の基地が手狭になっている為に、それに参加した輸送機が千歳に飛来したのだ。

これは全て達也と、JJことジェフリー・ジェームズの仕込みだった。達也の出国を目立たせない為に、JJがペンタゴンに手を回して共同軍事演習のプランを変更させこの状況を作り出したのである。

大統領でもあるまいし、たった一人の民間人を移動させるだけで大袈裟だ、と考える者は少なくないかもしれない。しかしここまでしなければならない程に、達也の一挙手一投足は世界中から注目されているのだ。

このようにして、達也と深雪を乗せた輸送機はアメリカ西海岸へ向けて飛び立った。

達也たちを乗せた輸送機は目立たないことを重視した所為で、生憎と亜音速機だった。

千歳基地を離陸して約九時間。カリフォルニア州ビール空軍基地に到着したのは現地時間で、まだ真夜中と言っても良い時間帯だった。

日の出までは、三時間近くある。

「ミスター司波、ミズ司波。よくぞお越しくださいました」

しかしこんな時間にも拘わらず、ＪＪが隙の無いスーツ姿で輸送機のランプを上がってきた。

「このような時間から、お出迎えありがとうございます」

エアカーの横でスロープが下りるのを待っていた達也が彼の声に応える。

「滅相も無い。本来でしたら大統領専用機と同じ物でお迎えしたいくらいです」

ＪＪはそう応えて、深雪とも挨拶を交わした。

「ＪＪ、大統領専用機は少々気が早いのでは？」

達也が唇の端を吊り上げながら、冗談めかして言う。

その言葉に、ＪＪが声を上げて笑った。達也は遠回しに「秋の大統領選挙にはＪＪが秘書を務めているスペンサー長官が勝つでしょう」と言ったのだが、どうやら通じたようだ。

「ここで入国手続きを行います。パスポートはお持ちですか？」

この機内で手続きするというＪＪの申し出に軽く驚きながら、深雪と二人分のパスポートを手渡す。なお出国手続きは千歳基地で済ませたことになっている。後日、藤林がそのようにコンピューターの記録を修正する手筈になっていた。

ＪＪは受け取ったパスポートを自ら「書込端末」にセットした。機械が自動で空きページにスタンプを押し、表紙に貼り込まれている非接触チップに電子署名を書き込む。

完全に電子化しないのは、データ読み出し用の端末が無い地域でも身分証明書として使えるようにしておく為だ。世界にはアナログな記録しか使えない場所もあるし、デジタル機器が使えない時もある。

処理を終えたパスポートをＪＪが達也に返却する。その直後、まるでタイミングを計ったように輸送機の貨物スロープが下り始めた。

「どうぞ乗ってください。バークレーのホテルまで我々の車で先導します」

「よろしくお願いします」

達也(たつや)はＪＪにそう応えた後、助手席のドアを開け深雪(みゆき)の手を取って中に乗せた。そして自分も運転席に乗り込んだ。

バークレーに着いた時には、夜が明けていた。飛んでいけばもっと早く到着できたのだが、アメリカでエアカーを勝手に飛行させるわけにはいかない。そうでなくてもＪＪの案内に従う必要があった。

時間が掛かったとはいえ、まだ早朝とすら言えないような黎明(れいめい)の時間帯である。普通ならチェックインなどできない。だがそこは国防長官秘書官の肩書きが物を言った。それに加えて、ＪＪが予約していたホテルが真の意味で一流だった。

フロント・クラークもベルスタッフもドアマンも、嫌な顔一つしないのは基本として、表情だけで無くそのような気配を達也(たつや)にすら欠片(かけら)も感じさせなかった。あちらのホテルスタッフには少々申し訳ないが、函館(はこだて)で泊まったホテルよりも人材の質が数段上だと達也(たつや)は感じた。

チェックインした後、JJとはいったん別れた。

二人は一緒にバスルームを使い、朝食は摂らずにそのままベッドに入った。

そして昼過ぎ。遅めのランチをホテルのレストランで楽しんでいるところに、約束の時間より少し早くJJがやって来た。

「すみません、お食事中でしたか」

恐縮した態でJJが頭を下げる。

「よろしければ、ご一緒にどうですか」

達也はJJに気を遣ったと言うよりむしろ、彼の同行者の視線が気になって三人をテーブルに誘った。

「ミスター、よろしいのですか？」

案の定、達也のセリフに反応したのは彼女だった。

「ええ、ドクター。ご遠慮なくどうぞ」

「JJ。ミスターもこう言ってくださっていることだし、お言葉に甘えようじゃないか」

USNAが誇る魔法工学技術者、アビゲイル・ステューアットが目を輝かせてJJに強請る。

JJは渋い顔をして見せながらも「そうですね、せっかくですから」と達也の誘いを受けた。

JJは自分で椅子を引いて、ステューアットはウェイターが引いた椅子に座ってテーブルに着いた。

「ミズ・シャウラも遠慮無くお掛けください」

そして、最後まで躊躇っていた若い女性に達也が着席を促す。

「ミスター司波、小官のことを覚えておられるのですか⁉」

その女性は満面を驚愕に染めて達也を見返した。

「ええ。ミッドウェー以来ですね、ミズ・シャウラ。失礼ですが、現在の階級は？」

「中尉になりました、ミスター」

アリアナ・リー・シャウラ中尉。スターズの二等星級隊員。

三年前、パラサイトによる叛乱でミッドウェー監獄に収監された彼女を、達也はカノープスと一緒に救い出した過去がある。その当時は少尉だった。

会ったのはその時の一度きりだが、達也は忘れない記憶力の持ち主だ。彼女の顔も名前も、そして想子特性も正確に覚えていた。

「シャウラ中尉。こちらは私の婚約者の司波深雪です」

言うまでもなく達也は、実際には「ミユキ・シバ」と紹介した。

そのすぐ後に深雪が自らも名乗り「よろしくお願いします」と付け加える。

それを聞いてシャウラは、この中で深雪と自分だけが初対面であることに気付いた。

彼女は座ったばかりの椅子から慌てて立ち上がる。

「初めまして、ミズ・司波。アリアナ・リー・シャウラ中尉であります。お目に掛かれて光栄に存じます」

「ご丁寧なご挨拶、畏れ入ります。どうぞお掛けください」

深雪に促されてシャウラが再び着席する。

深雪が座ったままだったことに非難めいた感情を懐いた者はいなかった。元々深雪は達也と食事中だったのだ。責められるべきは自分たちの方だとＪＪたちは自覚していた。

その後、最も旺盛な食欲を見せたのはステューアットだった。本人曰く、オークランドで朝食を摂らずに仕事をしていたところを引っ張り出されたらしい。ステューアットは達也に劣らぬ量を、既に食べ掛けだった達也と深雪と、ほぼ同時に食べ終えた。

「――では、ドクターも今回の事件の調査に加わっていらっしゃるのですか？」

食後のコーヒーを飲みながら達也がそう訊ねる。

「はい。ドクターには調査チームの指揮を執ってもらっています」

答えたのはＪＪだった。

「医者ではなく魔法工学が専門のドクターを？　ではやはり、医学的な疾病ではないとお考えなのですね？」

「先日ミスターにお目に掛かった直後に、その結論に達しました」

達也の問い掛けにＪＪが頷く。

「私は畑違いだと何度も言ったんですが、スターズが調査に当たっている関係で責任者を押し付けられまして」

「ドクターはスターズの主任科学者ですから」

ステューアットの愚痴を切り捨てるように、冷淡にというより素っ気なくJJが言い放つ。

この会話が何度も繰り返されていることが窺われる遣り取りだった。

「ではシャウラ中尉も？」

スターズが調査に当たっていると聞いて、達也はシャウラに目を向けた。

「小官はミスターの護衛を仰せつかっております」

「シャウラ中尉は精神干渉系魔法を防ぐ対抗魔法の遣い手で、その種の魔法に対する抵抗力も高い。ミスターのお役に立てると思うよ」

シャウラの答えをステューアットが補足する。

この申し出は、達也にとってもありがたかった。

「そうでしたか。シャウラ中尉、深雪の護衛をよろしくお願いします」

深雪の安全確保は、今回も達也が最も気を遣っていたことだ。

「了解しました。お任せください」

一瞬怪訝な表情を見せたシャウラだが、すぐに頷く。

彼女はミッドウェー島で見た達也の圧倒的な戦闘力を忘れていなかった。

シャウラは元々、今回の指令に意味を見出せずにいた。だが深雪の、達也のフィアンセの護衛ということなら、自分も役に立てそうだ。――彼女はそう思った。

達也に護衛など、本当は必要が無い。

それをシャウラは三年前に思い知っていた。

バークレーのホテルで、JJは達也たちと別れた。秋にボスの大統領選を控えた彼には、この件だけに関わっている余裕は無いようだった。

達也、深雪、ステューアット、シャウラの四人は食後のティータイムを終えた後、二台の車に分乗してオークランド市に接する地区に設けられた対策拠点に向かった。

シャウラが運転する車の後を達也がエアカーで付いていく。こうして市街地を走っている限りでは、特に異状は感じられない。それとも異常な現象はオークランド市内限定で発生しているのだろうか。

「……平和な景色に見えます。何か陰謀じみたものが進行しているとは思えませんね……」

助手席の深雪も同じ印象を持ったようだ。

「ちょうど俺もそう感じていた」

達也が同感である旨を返す。

それ以上会話が発展する前に、シャウラの車はある民家の前に停まった。

そこはシャウラの家というわけでもステューアットの家というわけでもなかった。ちょうど空き家になっていたのを、今回の調査の為に軍の予算で買い取ったらしい。「借り上げる」のではなく「買い取る」あたりは、お国柄なのだろうか。

外見は平凡な木造住宅だが、内部は情報処理機器で溢(あふ)れていた。床の所々をむき出しのケーブルが這(は)っているのは無線傍受で情報が漏れるのを警戒しているのだろう。あと、機器を取り替えやすくする為(ため)にあえてOAフロアにしていないという面もあるかもしれない。

「今日のところは今までに集めたデータを見てもらって、明日患者のところに同行してもらおうと思っているのですが」

ステューアットは、表面がタッチディスプレイになっているテーブル――作戦卓(ミッションテーブル)の向こう側に立ち、達也(たつや)にこう提案した。

「それで結構です。データを見せてください」

「はい。ではまず患者の発生地域ですが……」

ステューアットがそう切り出すと同時に、テーブルトップがオークランド市を中心とした地図に変わった。

達也(たつや)と深雪(みゆき)がバークレーのホテルに戻ってきた時には、夜八時を過ぎていた。昼が遅かったのでルームサービスに控えめな夕食を運ばせ、達也(たつや)と深雪(みゆき)はソファに並んで腰を下ろした。

「先程のデータ、達也様はどうお考えですか？」

隣り合ってクラブハウスサンドをつまみながら深雪が達也に訊ねる。この国では最近また健康志向が高まっているので、深雪でも無理なく食べられるサンドイッチだった。

「医学については素人だが、この国の学者が言うように大脳の器質的な損傷やウイルスなどの感染によるものではないと思う」

「ではやはり魔法によるテロ行為だとお考えですか……？」

「テロか」

達也が続きを口にするまで、少し時間が空いた。彼もまだ、考えを纏め切れていない様子だ。

「無差別という意味ではテロなんだろうが、その目的が不明瞭だ」

「目的、ですか？」

「政治的な示威が目的ならば、犯行声明があって然るべきだ。反魔法主義を煽り立てることが目的で、魔法師の犯罪を偽装する場合も同じだ」

「今はまだ、効果を確かめているのではありませんか？」

そう言いながら深雪は達也の食事の手が止まっているのに気付いて、彼の口元にクラブハウスサンドを持って行った。

達也は躊躇わず、そのサンドイッチを咀嚼して呑み込む。そうして彼は「そうだな」と深雪の推理に同意を示した。

達也がお返しに自分の皿から新たなクラブハウスサンドをつまみ上げ、深雪の口元に添える。

深雪はそれに、恥ずかしそうに齧り付いた。

「ただ俺は、テロの為の準備というより効果の確認そのものが目的なのではないかと考えている」

深雪の口元でクラブハウスサンドを支えたまま、達也はこう付け加えた。

深雪の唇が達也の指に触れる。

達也は構わず、そのままサンドイッチを最後まで食べさせた。

翌朝、達也たちはステューアットからメールで指定された病院に向かった。シャウラからは「迎えに行く」と申し出があったのだが、達也の方から病院での待ち合わせを提案したのだ。
ロビーでステューアット、シャウラと合流し、彼らは病室に向かった。
患者は普通の個室にいた。コミュニケーション能力以外に異状は認められない為、完全看護は必要無いと判断されたのだ。話す、書くだけでなくパネルに表示されている選択肢も読めなくなっているのだが、絵や写真を見て選ぶことはできる。何をして欲しいのかについての意思疎通は、辛うじてできている状態だ。

患者を安心させる為に病院で用意された白衣を着た達也が、患者をじっくりと「視」た。

患者の女性が苦悩も露わな表情で達也を見返す。その顔を見ても彼女が正常な判断力を保っており、それ故にこそ大きな不安に苛まれているのが分かる。正気を失っていないのは彼女自身の精神力に加えて、病院スタッフによる励ましの御蔭だろうか。

「……残念ながら魔法ですね」

残念ながら、と言いながら達也には然程、落胆している様子は見られない。

彼は傍らに用意されている、患者の脳をスキャンした映像を指差した。左半球上側頭後部、言語中枢があるとされている辺りだ。

「この部分に魔法式と思われる想子情報体が食い込んでいます。患者自身の想子体と、もつれ合うように埋め込まれているので見分けが付かなかったのでしょう」

達也の言葉にシャウラが口惜しそうな表情を見せた。彼女を始めとする大勢の魔法師が患者を魔法的に調べたのだが、今達也が指摘したような魔法式は発見できなかったのだ。

「初めて見る魔法です。極めて複雑で完全に理解することはできませんが、精神干渉系魔法の一種であるのは間違いないでしょう」

「ミスターにも理解できないのですか⁉」

ステューアットが驚きの声を上げる。彼女は達也の［エレメンタル・サイト］のことを教えられてはいなかったが、極めて高度な魔法的分析力を有しているのは察していた。［マテリアル・バースト」もその分析力の賜物ではないかと、そのレベルまで事実に迫っていた。

「想子情報体の構造は分かるのですが、この構造がどのように作用して失語症を引き起こしているのか。そこが理解できません」

「……その構造を書き出すことはできますか。是非とも研究してみたいのですが」

「可能ですが、それはこの件が片付いてからにしましょう。それより、この病室で魔法を使っても大丈夫ですか？」

「あ、はい。大丈夫ですが……」

ステューアットの答えを確かめて、達也は深雪にこの病室を選択的領域干渉で覆うように指図した。

領域干渉は事象改変を伴わない事象干渉力で特定の空間を満たす技術だ。言い換えれば、自分以外は魔法を使えないエリアを作り出す技術。

選択的領域干渉はそれを発展させたもので、自分と特定の魔法師だけが魔法を使える力場を展開するものだ。

もっとも、誰にでも使える便利な技術ではない。その相手の事象干渉力を、自分のもの同様と認識できるようになるまで、自分の意識のみならず無意識も馴染ませる必要がある。特別に親密な相手とのみ、領域干渉を共有できる。恋人同士とか、それこそ夫婦のようなパートナーに限られる魔法技能だ。

達也は深雪にとって、その条件を全て満たす相手だった。だからこの場においても苦労することなく、深雪は達也のリクエストに応えた。

病室から第三者の魔法的干渉が排除される。外部から魔法を作用させることはもちろん、病室内で使用される魔法を外部から観測することも不可能になる。謂わば魔法的な暗室、魔法的なクリーンルームで、達也は患者に対して「術式解散」を発動した。

表面上は、何の変化も生じなかった。

だが達也の「眼」には、患者の大脳側頭部に食い込んでいた魔法式が想子粒子に分解されて霧散していく様がはっきりと映っていた。

「私は司波達也です。お名前を教えていただけませんか」

達也が患者に話し掛ける。

彼女は大きく目を見開き、いきなり嗚咽を漏らした。

涙を流しながら切れ切れに、彼女は自分の氏名を名乗った。

シャウラが慌てて看護師を呼ぶ。

駆け付けた看護師の質問に、患者は泣きながら正確に受け答えしてみせた。

オークランドではこの日までに、六十三人の患者が確認されていた。

そして達也はこの日だけで、二十七人の患者を快復させた。

◇　◇　◇

現地時間、七月十五日の夕方。サンフランシスコにあるＦＡＩＲの本部。

リーダーであるロッキー・ディーンの執務室には今、三人の男女がいた。

一人は部屋の主であるディーン。彼はデスクの奥の、意外に質素な実用性重視の椅子に座っている。

その隣に立つ女性はサブリーダーのローラ・シモン。

そしてディーンのデスクの前には若い女性が跪いている。金髪で褐色の瞳、年の頃は二十代半ば。ローラが妖艶な美女だとすれば、こちらは男好きのする美女だ。二人とも淫靡な雰囲気を漂わせているという点が共通している。

「ヘレン、上手くやっているようだな」

その女性の名はヘレン・シュナイダー。ＦＡＩＲの中では新参者の部類に属するが、その魔法力をディーンに高く評価されていた。

「畏れ入ります」

顔を伏せたままヘレンは殊勝な口調で応えたが、その声には男を誘う媚びが無意識に含まれていた。

これは彼女の先天的な素質というより、後天的に磨かれたものだ。ヘレンは生活の為(ため)に、こういう技能を身につけなければならなかった。

彼女は街娼(がいしょう)だった。偶々(たまたま)裏通りでディーンに声を掛けて、彼により潜在的な魔法力を見出(みいだ)されFAIR(フェア)のメンバーとして拾われなければ今でも男に、時には女にも金の為(ため)に抱かれる暮らしをしていただろう。

そういう経緯があるからか、ディーンに対するヘレンの忠誠は狂信的だ。それも無私の忠誠ではなく、彼の一番になることに強く執着していた。

「ディーン様より賜りました［バベル］はこれまでのところ、その名に恥じぬ威力を発揮しております。この魔法は必ずやディーン様の大望を叶(かな)える強力な武器となるでしょう」

その狂信の故に彼女は、シャスタ山で発掘された遺物『導師(グル)の石板』の実験台に立候補した。ローラですらも使用を躊躇(ためら)った、効果はともかくデメリットが定(さだ)かでない『導師(グル)の石板』を彼女は使った。

そして彼女は、古(いにしえ)の魔法［バベル］を会得(えとく)した。

石板に記録されていたこの魔法の長い正式名称は［バベルの塔の神罰］。「神」が使った魔法なのか、「神の御業(みわざ)」を模倣した魔法なのか、それは分からない。ただその効果は魔法名そのものだった。――石板に記されていたとおりであるならば。

ディーンはそれを確かめる為(ため)、ヘレンにオークランドで実験させていたのだった。

結果は上々のものだった。［バベル］の効果は言語能力の撹乱。ウェルニッケ失語と同様の症状を作り出す。しかも通常の魔法と違って持続的に作用する。

持続性の秘密は、［バベル］の魔法式がウイルスのような性質を持つことにあった。大脳は肉体と精神をつなぐ通信器官。大脳に寄生した［バベル］の魔法式はその通信機能を利用して患者の精神、無意識領域に干渉し自らを維持し続ける為の想子波と霊子波を患者自身に産み出させる。つまり［バベル］は患者を自傷に特化した魔法師に仕立て上げるのだ。

使われている技術は人造魔法師実験で達也に植え付けられた仮想魔法演算領域に似ている。ただその魔法的能力は患者の自由にはならない。［バベル］の魔法式にプログラムされたとおりに作動する。

他者に感染するような現象を引き起こすのも、このウイルスに似たシステムによるものだ。［バベル］の魔法式が患者の無意識領域に干渉して自らの複製を作り出し、近くにいる者の脳に、アトランダムに寄生させる。［バベル］はまさに、伝染するのだ。それも一人の患者から発生する二次感染者は、一人とは限らない。

ただこの魔法にできるのは二次感染を引き起こすところまでだ。患者が作り出す魔法式の複製は［バベル］本来の機能、言語能力撹乱の作用しか持たない。二次感染した患者に更なる感染を引き起こす能力は与えない。魔法式複製・感染機能は言語能力撹乱機能とは別のプロセスであり、患者の中で複製されるのは言語能力撹乱に関わるプロセスだけだった。

現段階ではディーンもローラも、誰も知らないことだが、これは二次感染を確実に引き起こす為に患者の精神に過度の負荷が掛からないよう［バベル］が調節されているのだ。その魔法式のコピーを作らせ他人に感染させるのは、強制的に魔法を使わせることに等しい。その魔法が複雑なものであればある程、精神には大きな負荷が掛かる。

複製される魔法式に魔法の感染機能まで組み込んでしまうと、高確率で患者の無意識領域がパンクしてしまうのだ。魔法師が自分の能力を超えた魔法を行使すると、魔法演算領域のオーバーヒートを起こして最悪の場合命を落としてしまうのと同じだ。

二次感染前に患者が死んでしまえば［バベル］による混乱は広がらない。正体が分からないこの魔法の開発者は、言語能力撹乱による社会の混乱を確実なものにする為に、感染を敢えて二次までに留めているのだった。

「――自動拡散の範囲は五、六人に留まっているようだな」

ヘレンに向けられるディーンの声に、少し不満げな響きが混じった。

「当初は二人に感染させるのが精一杯でした。魔法に慣れていくことで、拡散の範囲を広げられると思います」

ディーンもヘレン自身もまだ知らないことだが、患者の無意識領域内で魔法式を複製する際に劣化が発生する。この劣化は元々の術者がどれだけ忠実に［バベル］を発動できたかに反比例する。

また患者の精神が強制された作業で消耗した結果、複製はストップする。これもまた、「バベル」に組み込まれている、患者の精神に複製を強制するプロセスがどこまで正確に機能しているかに依存する。

この二つの要因が伝染回数の限界を作り出している。そして伝染回数の上限は元々の「バベル」を発動した魔法師の、魔法式を厳密に構築しターゲットの情報的抵抗をねじ伏せて魔法式を定着させる能力、つまり魔法力に左右される。

幸いヘレンの魔法力では、熟達しても十人前後が限界だろう。それでも百人に「バベル」を使うことで千人の人間から言語を奪うという大混乱を産み出すことができる。

しかし例えば深雪(みゆき)やリーナ並みの魔法力の持ち主が「バベル」を行使したなら、大都市を丸ごと機能不全に陥らせる結果になる。この意味で「バベル」は戦略級魔法並みに凶悪な魔法と言えた。

「――そうか。引き続き実験を続けて魔法の熟達に努めてくれ」

まだ「バベル」の性質が良く分かっていないディーンは、ヘレンの言い訳にひとまず納得したようだ。その言葉に、ヘレンは心の中でホッと息を吐く。

だが安心するのはまだ早かった。

「閣下(マイ・ロード)。「バベル」の拡散に関して、一つお耳に入れたいことが」

それまで沈黙していたローラが、このタイミングで口を挿(はさ)んだ。

ディーンが横に立つローラの方へ振り向いて、視線と手振りで続きを促す。

「昨日から各病院で、患者が次々と快復しております」

「医者が治療に成功したのか？」

意外感を込めて問い返すディーン。

ローラは一見、残念そうな表情で頭を振った。

「医学的な治療は目処が立たないままです。密かに調査した全ての快復事例で魔法式が破壊されていました」

「そんな馬鹿な！」

叫んだのはヘレン。慌てて彼女は謝罪の姿勢を取る。

ディーンは彼女を咎めなかった。

「魔法式破壊の対抗魔法？　そんなものを使える魔法師がスターズにいたのか？」

彼はヘレンの叫びを、まるで耳にも入らなかったように無視して問いを重ねた。

「快復した患者の許を共通して、スターズのアリアナ・リー・シャウラ中尉が訪れております。ですが、シャウラ中尉がそのように高度な対抗魔法を操れるという情報はありません」

「要するに、邪魔者の正体は分からないということか？」

「御意にございます、閣下」

恭しく一礼するローラの横で、ディーンが思考に沈む。

無視され、放置されたヘレンは、顔を伏せた体勢で唇を噛み締めていた。

よりによってディーンの前で、しかもローラに揚げ足を取られた。

それがヘレンには、何より口惜しかった。

達也は三日を掛けて、これまでに確認された七十五人の患者――彼がオークランドに来てからさらに十二人増えていた――を全て快復させた。ただオークランド市の外にも被害が広がっていて、そちらの方はまだ対応できていない。

「いやぁ、ミスターの御蔭で本当に助かったよ」

オークランド市内で最後の患者から魔法式を取り除いた達也を、ステューアットが病院の廊下で称え労っていた。

ところで達也の側にはステューアット、シャウラだけでなく深雪もいる。それなのに彼らは余り注目されていなかった。達也の顔を知らない一般人は珍しくないとしても、深雪の美貌に目を奪われない者は男女を問わず極めて例外的であるにも拘わらず。

これこそ、渡米前に達也が夕歌の研究を引き継いで完成させた新魔法の効果だった。

夕歌と相談して決めた魔法名は［アイドネウス］。ギリシャ神話の冥府の王『ハデス』の別名『アイドーネウス』（目に見えない者）からの命名だ。

鬼門遁甲の研究から派生的に生まれたこの魔法の効果は「自分に向けられた視線を利用して相手の意識に干渉。相貌失認を強制し、自分に興味を持たせなくする」というもの。『相貌失認』は別名『失顔症』とも呼ばれている、「相手の顔を見てもそれが誰だか認識できなくなる」という脳機能障害の一種だ。

［アイドネウス］を発動している魔法師は、他人から「印象に残らない人物」と認識される。見えなくなるわけでも完全に存在感を無くしているわけでもないので、不審者を警戒している警備員には存在を認識される。ただ、誰なのかは認識されない。

また相貌失認の効果は術者本人に対してのみ有効となる為、魔法の影響下にある者に気付かれる可能性はほとんど無い。

監視カメラ越しにも効果はあるが、録画や写真には効果が無いという弱点はある。だが少なくとも、誰であろうと群衆に紛れることが可能になるという、潜入任務には十分に有用な魔法だった。

達也は［アイドネウス］の魔法式を人造レリック『マジストア』に登録して、特に意識しなくてもこの魔法を継続的に発動できる魔法ツールに仕立てた。

その御蔭で達也と深雪は目立つことなく、アメリカ西海岸を自由に行動できていた。

◇◇◇

一昨日、自分が使った［バベル］を無効化して回っている者がいると聞いて、FAIRのヘレン・シュナイダーは昨日からその魔法師を捜し回っていた。

ヘレンが［バベル］を使っていたのは実験目的だ。効果を確認する為、FAIRの組織力を使って患者の入院先は調べてあった。その病院を見張っていれば、目当ての魔法師が現れるはずだ。

そう考えて仲間と手分けして張り込みをしていたヘレンだったが、まるで彼女を嘲笑うようにその魔法師はFAIRの誰にも発見されず患者を快復させていった。

［バベル］の魔法式を取り除く対抗魔法が使用されているはずなのに、病院に張り込んでいるメンバーは魔法の発動を感知できなかった。その矛盾にヘレンと仲間たちが頭を抱えている内に、患者は遂にオークランド市の西に隣接する、アラメダ市の一人を残すのみとなっていた。

ヘレンはその患者が収容されている病院に急いで駆け付けた。

彼女の邪魔をしている魔法師は間違いなくここへやって来る。彼女はそう考えて最大限の注意を払い病院に出入りする者を見張っていた。

（あれは……スターズのアリアナ・リー・シャウラ？）

この件に関わっていそうな要注意人物として、ヘレンたちにはシャウラの顔写真が配られていた。

病院に入っていくシャウラには三人の同行者がいた。男性が一人に女性が二人。その内の一人は［バベル］の対策に当たっている政府スタッフの写真の中に見覚えがあった。だが残る男女二人は全く記憶に無かった。

ヘレンは彼女たちの背後から、こっそり行き先を窺った。四人は予想どおり、最後の患者の個室がある病棟に向かった。

待合室で見舞客のふりをしながらヘレンは感覚を研ぎ澄ませる。しかし何時まで経っても、魔法の兆候は感じ取れなかった。

それ程待つことなく、シャウラとその同行者は病棟から出てきた。最後の患者が治療されたのかどうかは分からない。対抗魔法発動の兆候は見られなかったが、それが否定材料にならないことは既に分かっていた。

シャウラたち四人の内の誰かが、［バベル］の魔法式を消している。――そんな疑いを持って、ヘレンは彼女たちに注意を向けた。

病院から立ち去る四人の後を、ヘレンは然りげ無くついて行く。

四人が病院のエントランスを出た直後。

「いやぁ、ミスターの御蔭で本当に助かったよ」

そんな声が聞こえた。

少し離れた背後からでは、誰の言葉か分からなかった。

だが誰に向けて告げられた言葉なのかは明らかだ。四人の内、男性は一人なのだから。

（あいつか！）

ヘレンは心の中で叫んだ。

「バベル」の魔法式を消去して回っている術者。

彼女の邪魔をしている魔法師。

それはあの男だと、ヘレンは確信した。

彼女は衝動的に、男に向けて「バベル」を放った。彼女は「バベル」を会得した代償に、他の魔法を使えなくなっていた。

不意に背後で生じた、魔法発動の気配。

達也の対応は迅速だった。彼は自分に向けて魔法が放たれた直後、それとほぼ同時に、魔法式破壊の対抗魔法「術式解散（グラム・ディスパージョン）」をＣＡＤも使わずに発動した。

この魔法は達也のオリジナル魔法ではない。理論は以前から知られていたし、実験室レベルでは発動が観測された先例もある。

［術式解散］は想子情報体の構造を認識して、それをバラバラに分解する魔法。対象となる魔法式の構造を認識することが最初のステップになる。この一手間がある為に魔法の無効化が間に合わず実践（実戦）では役に立たないと、達也以前は評価されていた。今でも彼以外に［術式解散］の遣い手はいない。

達也に放たれた魔法は一昨日初めて見たばかりの、未知の要素が多い魔法。にも拘わらず達也が一瞬で対応できたのは、彼がこの三日間で同じ魔法式を何十回も分解し続けてきたという経験の積み重ねが大きく貢献していたからだ。

振り返った先で、若い女が愕然としていた。今、達也を攻撃してきた魔法師がこの女性であることは明白だった。そして彼女が失語症の魔法をばら撒いていた張本人であることも。

達也はその女を無力化しようとした。

だが、間に合わなかった。

達也が魔法を放つより早く、

深雪が魔法を放っていた。

極寒の吹雪が女に向かって吹き付ける。

世界を侵す、氷雪の幻影。

幻は一瞬で消え去り、真夏の街に照りつける太陽の下で。

「不埒者。達也様に危害を加えようとするなど……身の程を知りなさい」

深雪は日本語で、低く呟いた。

女が倒れる。

ハッとした表情で、慌てて倒れた女に駆け寄るシャウラ。

倒れた拍子にできたと見られる擦り傷と打ち身以外、女に傷は無かった。

頭を強く打っている様子も無い。

ただ幾ら声を掛けても、女が意識を取り戻す気配は無かった。

深雪が放った魔法は精神干渉系魔法「アイシィソーン」。深雪の真の切り札である精神凍結魔法「コキュートス」の威力を下げ、使い易くアレンジした魔法だ。「コキュートス」が精神を凍り付かせることで死をも上回る静止をもたらすのに対して、「アイシィソーン」は自分では目覚めることができない、茨の呪いに似た眠りをもたらす。

この魔法を浴びた者は「アイシィソーン」の目覚まし専用に無系統魔法で調律された想子波を浴びない限り、決して目覚めることは無い。

目の前の病院に運び込まれる女を、深雪は絶対零度の眼差しで見送る。

深雪にあの女を目覚めさせる意思が無いのは明白だ。

しかし、そういうわけにもいかない。

二週間程度の短期間とはいえ、またマスコミなどには広まっていないとはいえ、当局と医療関係者を大混乱させ被害者とその家族・知人を悲嘆に暮れさせたこの女は徹底的に訊問しなければならない。

それに、達也には酷く気になるものが「視」えた。

女が倒れた直後、彼女から出て行った正体不明の情報体。

（あれはもしかして、光宣が言っていた「使い魔」か……？）

光宣がサンフランシスコに潜入して、襲ってきたＦＡＩＲのメンバーを燃やした際に、その灰の中から抜け出した非常に古く強固な情報体。

女の身体から出てきた「モノ」を「視」て、達也はすぐにその話を思い出した。

その「使い魔」に似た情報体は達也の前から一秒も経たない内に姿を消した。

飛んで行ったのではなく、消えた。消滅では無く、情報次元の座標を移したような感じだ。

その行く先を、達也は追えなかった。

あの「使い魔」のことも、女に問い質さなければならない。

幸い「アイシィソーン」の眠りを解除する為の無系統魔法なら達也にも使える。

達也は小さくため息を吐いて、襲ってきた女を起こす為に病院へＵターンした。

なお、シャウラとステューアットの取りなしにより、深雪が魔法の無断使用を咎められることはなかった。

ローラ・シモンがそれに気付いたのは、日没近くになってのことだった。使用済みの『導師の石板』を調べに来て、それが使用前の状態に戻っていることに彼女は気付いた。

ローラはヘレンが石板を使った後も、この遺物の研究を続けていた。抜け殻でも実物に触れることで、『導師の石板』がどのような仕組みで作動する物なのかを彼女は理解していた。

この石板は内部に「使い魔」を宿している。石板に魔法師が力を注ぐと、そのデーモンが目覚めて力を捧げた者に取り憑くのだ。

「使い魔」は憑依した宿主に、特別な魔法を授ける。

現代魔法学的な表現をすれば、分子レベルの色素配列で記録された刻印魔法が想子を注がれることにより発動し、想子情報体デーモン——魔法演算領域で本人の意思とは無関係に作動するプロセス——を構築して想子を注いだ者の無意識下に送り込む。

デーモンは魔法演算領域で特定の魔法を構築するサブシステムとして機能し、その者に石板が保存していた魔法を与える。しかし代償としてサブシステムが魔法演算領域を相当程度占有する為、行使できる魔法が著しく制限されるようになる。

演算領域の容量がその魔法に不足していれば、石板の魔法を覚えられないだけに留まらず、過負荷で宿主を死に至らしめる。容量に余裕が無ければ他の魔法が一切使えなくなる。石板の魔法が高度で強力なものである程、このリスクが高まる。

いったん石板の刻印魔法が発動しデーモンが放出されると、刻印された魔法式が書き換えられ石板は使用不可能な状態になる。しかしデーモンの宿主となった魔法師の演算領域が停止すると――多くの場合、それは魔法師の死を意味する――デーモンは宿主から抜け出し石板へと戻る。石板の刻印魔法式はデーモンの情報によって自らを復元し、新たな使用者＝デーモンの宿主を待つ。

ここにある『導師の石板』は今、その状態になっていた。

「ヘレンが死にましたか……」

一人の部屋でローラが呟く。その声には惜しむ気持ちも悼む気持ちも込められていなかった。

「もう少しデータを集めてから死んで欲しかったのですが」

いや、多少惜しむ気持ちは含まれていたかもしれない。

予定外に早く使えなくなった、実験動物を惜しむ気持ちが。

「まあ、良いでしょう。あの泥棒猫に何時までも、この貴重な魔法を預けておくのは不愉快でしたからね……」

ローラはＦＡＩＲのサブリーダーであるのと同時に、ロッキー・ディーンの愛人だ。

ディーンの寵愛を狙ってあからさまに媚びを売っていたヘレンのことは、ローラにしてみれば当然に目障りだった。

カリフォルニア州バークレー、現地時間七月十七日午後七時。達也と深雪はディナーに招かれていた。

招かれると言っても、場所は二人が泊まっているホテルだ。招待主は東海岸から急遽駆け付けたＪＪ。ステューアットとシャウラも同席していた。

「これほど迅速に解決していただけるとは予想しておりませんでした。さすがはタツヤです。本当にありがとうございました」

乾杯の後、ＪＪが真摯に礼を述べる。この事件が長引けば現与党の、ひいては彼のボスの失点となり大統領選挙にも悪影響を及ぼしただろうから、彼の感謝は本物だった。

「どういたしまして。今回の事件では貴重な知見を得られましたので、私としても満足です」

ヘレン・シュナイダーの訊問には、達也も加えさせてもらっていた。そこで彼は失語症を引き起こしていた魔法「バベル」と、その会得に使った遺物『導師の石板』について詳しい話を聞き出していた。

「ＦＡＩＲの関与についても証言が得られましたし、早速市警当局に働き掛けを行いたいとカノープス司令も仰っていました」

これはシャウラのセリフだ。ステューアットがそれに大きく頷いた。

治安維持は本来スターズの管轄外だが、魔法による大規模テロに発展する可能性は無視できないのだろう。スターズという組織としてだけでなく、魔法師個人としても、魔工技師個人としても、無視できる問題ではなかった。

元々ＦＡＩＲは潜在的な犯罪集団として警察には目を付けられていた。今までは犯罪への組織的な関与の証拠が無いということで見逃されていたが、ヘレンの証言により警察は強制捜査に踏み切ることになるはずだ。ＦＥＨＲが届け出た「白い石板」の件も合わせて、徹底的な追及が予想される。

「ミスターは明日からどうされるのです？　もしお時間に余裕があれば「バベル」の分析に力を貸していただけませんか」

ステューアットが達也を共同研究に誘った。

「せっかくのお誘いですが……」

達也が申し訳なさそうな表情で頭を振る。「バベル」は確かに興味深い魔法だが、魔法式の構造ならば達也は既に「視」ている。その結果、あの魔法に既知のものとは異なる文法が使用されていることも分かっている。

あれは一朝一夕に解明できるものではない。年単位の研究が必要になるだろう。彼は立場上、そんなに長い期間アメリカに留まることはできなかった。

「今は「バベル」よりも、石板が発掘された洞窟の方が気に懸かっています」

彼はステューアットの誘いを断る理由として、こう付け加えた。

「シャスタ山の洞窟ですか？」

「ええ、そうです」

これはその場凌ぎの口実ではなかった。

「ＪＪ。シャスタ山の調査を許可していただけませんか？」

達也があの山を調査したいというのは本気だった。

「別にシャスタ山は立ち入り禁止というわけではありませんので構いませんが……。場所はお分かりなのですか？」

突然の申し出に、ＪＪが戸惑いを見せる。

「ＦＡＩＲの盗掘について警察に情報を提供した、ＦＥＨＲという団体に連絡を取ってみようと思います」

「そう言えばミスターは先日、ＦＥＨＲに使者を送っていらっしゃいましたね」

「ご存じでしたか」

真由美をＦＥＨＲに派遣した件については別に知られても問題無い。それに真由美を狙った陰謀は今秋の大統領選挙絡みのもの。ＪＪも選挙には深く関わっているから、彼が真由美の派遣を知らなかったとすれば、むしろそちらの方が不思議だった。

「分かりました。シャスタへは、ご自分のお車で？」

「そのつもりです」

「そうですか……。シャウラ中尉を護衛にお付けしましょうか？」

「［バベル］の術者は無力化していますし、もう必要ありません」

シャウラは「正体不明の精神干渉系魔法の遣い手から護衛する為」という名目で達也たちに付けられていた。その名目は既に失われている。

「その代わり、空を飛んでいきたいので黙認してもらえるように御手配願えませんか？」

「軽飛行機で良ければチャーターしますが……」

どうしましょうか、というセリフをＪＪはハッとした表情で中断した。達也が日本から持ってきた車が「エアカー」であることを思い出したのだった。

「承知しました。手配しておきますので、お気を付けて」

ＪＪとしては「猫に付ける鈴」の意味合いでもシャウラを同行させたかったのだが、無理に押し付けることはしなかった。

【9】新たな標的

達也たちが泊まっているホテルに、彼を見張る監視の目はなかった。達也にしてみれば意外でしかないが、JJとしては、そんなことで彼の機嫌を損ねたくなかったのだ。

JJの進言で発せられたスペンサー国防長官の鶴の一声でアメリカ国防情報局（DIA）が引き下がり、他の情報機関も追随した。英語にも「寝た犬を起こすな（Let sleeping dogs lie）」という言い回しがある。「触らぬ神に祟りなし」と似たような意味だ。口では何と言おうと本音では、敢えて火中の栗を拾いたがる者などアメリカにもいなかった。

真夜中、現地時間で零時過ぎ。達也はバルコニーに出て衛星電話で短いメッセージを送った。送付先は日本にいる彼の個人的な執事、花菱兵庫だ。

文面は「例の件、降りるように伝えてください」。

一見、負けが決まった投資の損切り指図だが、無論これは暗号だ。

彼が大窓を開けたまま室内に戻ると、およそ一分後、彼が立っていたバルコニーに突如気配が生じた。目を向けても人影は見えない。一瞬生じた気配も、気の所為だったと言わんばかりに、その直後には消えていた。

「良く来てくれたな」

だが達也は無人のバルコニーに向かって、躊躇いなく声を掛けた。

大窓に掛かったカーテンが内側に向かって揺らぐ。

カーテンが揺れたその先に、人外の美を持つ妖しい青年が出現した。

「こんばんは、達也さん。お呼びでしょうか」

「光宣、お前の力を借りたい」

その青年の名は九島光宣。「人外」というのは比喩であると同時に事実だった。彼は元人間の、パラサイトだ。

光宣が暮らしているのは高度約六千四百キロメートルの衛星軌道にある宇宙ステーション、いや、衛星軌道居住施設『高千穂』。彼はそこからたった今、降下してきたのだった。

大気圏再突入カプセルやシャトルによる降下でもなければ、無論未確認飛行物体（公式には未確認航空現象）に乗ってきたわけでもない。

魔法による降下だ。刻印魔法陣を使った［疑似瞬間移動］。この技術を達也たちは『仮想衛星エレベーター』と呼んでいる。

達也が光宣に座るよう勧める。二人はダイニングテーブルを挟んで腰を下ろした。

「何か飲むか？」

「いえ。ただ、このティーバッグを持って帰っても良いですか？」

「もちろん構わない」

光宣は『高千穂』に残している水波に遠慮しているのだろう。そして高級な紅茶を飲むなら、水波と一緒に飲みたいと考えたに違いない。

こういうところは一応人間である俺よりも人間らしいな、と達也は思った。

「それで、御用とは何でしょう？」

照れ隠しなのか、光宣は急に真顔になった。

達也も光宣を変に弄ったりせず、本題に入る。

「あらかじめ言っておくが、この依頼は非合法だ。気が進まなければ断ってくれ」

「内容を聞かせてください」

光宣には、非合法というだけで門前払いにするつもりは全く無かった。パラサイトになった際に散々悪事を重ねた彼にしてみれば、人間が決めた犯罪の一つや二つ今更だった。

「FAIRがシャスタ山から掘り出した黒い石板を盗み出して欲しい」

「黒い石板だけで良いんですか？」

シャスタ山から発掘された石板に黒と白の二種類あることは、光宣も把握していた。

「その黒い石板は一体何なんです？」

「訊問したFAIRの魔法師の知識が間違っていなければ『導師の石板』と呼ばれる魔法の伝授装置らしい」

「魔法の伝授？　魔法を教えてくれる遺物ですか？」

「教えるというより、刷り込むという表現の方が近いだろうな」

達也はヘレンを捕縛した際に目撃した想子情報体の件も含めて、彼女から聞き出した情報を光宣に伝えた。

「もしかして……僕がサンフランシスコで『視』た『使い魔』も、そのデーモンの一種だとお考えなんですか？」

「あり得ると考えているが、気になっているのはそれだけじゃない」

達也は光宣に肯定の返事を返しつつ、ほんの小さく、首を左右に振った。

「もしデーモンが現代の技術でも作り出せるものならば、極めて危険だ。理屈では、デーモンを使って戦略級魔法師を量産することも可能になる」

達也が口にした可能性を、光宣はすぐに理解した。

「うかがった限りでは石板に記録されていた［バベル］という魔法も相当危険ですね。直接的な破壊と殺戮をもたらすものではありませんが、場合によっては現代社会を崩壊させますよ」

その上で、こう指摘する。

「そちらの対策は別途考える。その為のデータは入手済みだ。だがデーモンについては、まだ情報が足りない。まずはデーモンを送り出す『導師の石板』を調べてみたい」

達也の応えに光宣が頷く。

デーモンを研究する必要性については光宣も同感だった。

「分かりました。お引き受けします」

深刻な認識を達也と共有した光宣は、ＦＡＩＲの手にある『導師の石板』の強奪を請け負った。

達也との話を終えた光宣は、再びバルコニーに向かう。

達也は地上と衛星軌道を一々往復するのではなく泊まっていくように勧めたのだが、光宣は笑って辞退した。

水波をできる限り一人にしたくないという光宣の気持ちは口にされなくても理解できたので、達也は一度誘っただけでそれ以上引き止めなかった。

光宣の姿が消える。

衛星軌道まで翔け昇るという魔法の規模に対して、残した痕跡はごくわずか。日本より進んでいるＵＳＮＡの魔法探知技術を以てしても、今この場にいなければ検出は不可能だろう。

「立つ鳥跡を濁さず」を、比喩的な意味ではなく文字通りに実践して、光宣はいったん宇宙に帰った。

翌日の七月十八日、『導師の石板』が再び使用可能になっていることを、ディーンはローラから自分の部屋で聞いた。

彼もローラと同じく、ヘレンを惜しむ言葉を口にしなかった。

もし他のメンバーがいれば嘆くフリくらいはしたかもしれないが、今はローラと二人きりだ。

ディーンは演技の必要を認めなかった。

「次は誰に覚えさせれば良いと思う？」

ディーンはローラに渡されていた黒い石板を弄びながら——具体的には対角線を軸にして両手の間でくるくる回しながら——ローラに問い掛けた。

「閣下（マイ・ロード）がお使いになるのがよろしいのでは？」

ローラは考える素振りも無く答える。

「いや、私がこの石板を使うことはない」

ディーンはそう言いながら、石板をローラに返した。

「やはり［ディオニュソス］を使えなくなる可能性は無視できない」

［ディオニュソス］はディーンが得意とする、彼独自のと言っても過言ではない珍しい魔法だ。

FAIR（フェア）は元々無国籍華僑（かきょう）のテロリスト、ジード・ヘイグこと顧傑（グ・ジー）によって魔法師のイメージを貶める（おとしめる）為（ため）に組織された団体だった。設立に当たって顧傑（グ・ジー）はあくまで影に徹し、自分とは表面的に関係が無い人間を代表に選ぶことにした。その時に白羽の矢を立てられたのがディーンだ。

そしてディーンが選ばれた理由が［ディオニュソス］だった。

この魔法の直接的な戦闘力は低い。

だが戦闘力を補って余りある、非合法組織の長にとって大きな武器になる特徴が［ディオニュソス］にはある。FAIRが顧傑のコントロールを完全に外れてディーンが名実ともに実権を掌握できたのも［ディオニュソス］があったからだった。

［バベル］の価値はディーンも高く評価している。だが［ディオニュソス］を失うリスクを冒してまで自分が会得する魔法ではなかった。

「ローラ。私は［バベル］を使って、人造レリックの入手にもう一度チャレンジしたいと考えているのだよ」

「FLTから人造レリックを？」

恒星炉プラントに使用されている魔法式保存の人造レリックはプラントがある巳焼島ではなく、東京のFLTで製造されている。彼の配下だった『ジェイナス』の二人組は、人造レリックの盗取には失敗したが、この製造場所に関する情報はディーンの許に伝わっていた。

「［バベル］が大きな武器になるのは認めるが、やはり組織として武装を強化する為にはあのレリックが必要だ」

「……分かりました。それでは私が石板を使用します」

ローラが妖艶な美貌を引き締めてディーンに決意を示した。

「君が日本に行ってくれるのか？」

「はい、閣下」

「そうか。よろしく頼む」

「はい。では、これより［バベル］伝受の儀式に入ります」

「うむ」

満足げに頷(うなず)くディーン。

「御前より失礼致します、閣下(マイ・ロード)」

ローラは石板を持って、ディーンの前から退いた。

七月十八日は日曜日だ。もしかしたら午前中は教会に行っているかもしれないと思いながら、達也(たつや)はホテルの電話機を使ってバンクーバーへヴィジホンを掛けた。

レナの電話番号は、アストラル体と面会した時に聞き出している。懸念(けねん)に反して、レナはすぐ電話に出た。

画面に登場して口を開き掛けた表情でレナが固まってしまっているのは、電話の相手が達也(たつや)だったからではない。ヴィジホンに映る相手の視線は、相手がディスプレイの何処(どこ)を見ているかを反映する。通話相手の目を見ていれば、映像を通じて目が合う。

今、レナの視線は達也(たつや)ではなく彼の隣、つまり深雪(みゆき)に固定されていた。

どうやら彼女は深雪の写真を見たことがないようだ、と考えながら達也は深雪を紹介した。

『……あの、初めまして。レナ・フェールです。ミズ司波。お目に掛かれて光栄です』

「ご丁寧にありがとうございます。司波深雪です。こちらこそよろしくお願い致します」

挨拶を返す深雪の声も結構硬い。深雪もレナの容姿に驚いているようだ。深雪の場合はレナの美貌にというより、彼女の若々しさに衝撃を受けていた。

レナに関するデータは、何度も読み返したFEHRについての報告書で深雪の頭にも入っている。実年齢が三十歳ということも、肉体年齢が十代半ばということも。写真も見て、記憶していた。

だが写真で見るのと動画で向き合うのは、また印象が違う。画面の中のレナは、どう見ても自分より三、四歳ほど年下としか深雪には思えなかった。

二人の戸惑いは達也にも理解できる。だが彼が取りなす場面でもなかった。

「ミズ・フェール。私は今、カリフォルニアのバークレーに来ています」

『ステイツに来てくださっているのですか⁉』

レナの顔が喜色に輝く。それは深雪が思わず嫉妬してしまう程の眩しい笑みだった。

『しかし何故バークレーに？』

たちまちの内に、レナが訝しげな顔付きになる。コロコロと変わる表情が、彼女を余計に若く――幼く見せていた。

「こちらでFAIRが魔法を悪用して引き起こした事件の解明をお手伝いしたところです」

『……その事件は、解決済みなのですか？』

「ええ、犯人は捕まえました。FAIR自体にも、近々捜査が入るでしょう」

『そうですか』

画面の中で、レナがホッとした表情を見せる。そこには「ようやく動いてくれるのか」という思いも見え隠れしていた。

『それは例の、黒い石板に関係した事件なのですね？』

「そうです。残念ながら、ミズ・フェールの予感が的中してしまいました」

『そうですね……。何事も起こらないのが一番良かったのですが』

レナが口惜しそうな顔で俯く。

神秘的な美貌に似合わず意外に表情が豊かなのね、と達也の横で画面を見ている深雪は思った。

『しかし、ミスターが来てくださったのは幸運でした。御蔭で最悪の事態が避けられたのだと思います。ミスター司波、本当にありがとうございました』

レナが顔を上げて、再び輝かんばかりの笑顔を見せる。

要注意人物、と深雪は脳内で彼女のデータに朱書した。

「今回は最悪の結末を避けられましたが、全てが解決したとは言えません」

『……石板がＦＡＩＲ（フェア）の手に残っているからですか？』

「それもあります」

既にそちらの対策は依頼済みであることを、達也（たつや）は曖（おく）にも出さなかった。

『と仰（おっしゃ）いますと？』

「石板が出土したシャスタ山の洞窟です」

『あっ、なる程。他にも危険な物が埋まっている可能性がありますね』

レナもその可能性を考えなかったわけではない。だが仲間が回収してきた白い石板と盗掘の証拠となるビデオを警察に届けたり、その仲間が警察から事情聴取を受けるのに付き合ったりする内に、頭の片隅に追いやられていたのだった。

「そこで、その洞窟を一度調査したいのですが」

『そうですか。でしたら、私の仲間に案内させましょうか？』

「ありがたいお申し出ですが、場所を教えていただければ結構です」

『そうですか……』

レナが残念そうに呟（つぶや）く。だが押し問答にはつながらなかった。

魔法師には、それぞれ独自のノウハウがある。達也（たつや）は調査の際に、部外者には見せられない秘密のテクニックを使うつもりなのだろう――レナは達也（たつや）の謝絶を、そう解釈した。

『それでしたら、洞窟の場所を知っている私立探偵をご紹介します。シアトルの事務所の方ですが、そちらまで出向いてくださるようお願いしてみますので』

「私立探偵ですか？」

『ええ。その方もミスターと同じ日本人ですので、詳しいお話も訊きやすいと思いますよ』

レナの言う「日本人の私立探偵」に達也は心当たりがあった。

おそらく真由美から聞いた、あの人物だろう。

達也は私立探偵の正体を、ほとんど確信していた。

「ありがとうございます。ではお手数ですが、午前中にその探偵の方からこちらへお電話いただけるようにお伝え願えませんか」

地図を見ながら行くより道案内がいた方が、手間は掛からない。達也は「せいぜいこき使ってやろう」と考えながら、申し訳なさそうな口調で伝言を依頼した。

『承知しました。他にも私にできることがあれば、遠慮無く仰ってください』

レナには、達也の悪意に気付いた様子は全く無かった。

ホテルに達也宛の電話が掛かってきたのは、十一時五十九分のことだった。約束の時間ギリギリだ。ヴィジホンではなく音声通話というところにも、相手の思いが表れていた。

『ミズ・フェールからご紹介に与りました私立探偵のルカ・フィールズです』

白々しい名乗りは、知らない者同士のふりをしたいのだろう。

「小野先生、お久し振りですね」

生憎と達也には、彼女の希望に添うつもりは無かった。

『……初めまして。ミスター司波ですね？』

ルカ・フィールズこと小野遥は、なおもしぶとく芝居を続けようとする。

「時間を無駄にするのは止めましょう。早速ですが、案内は引き受けていただけるんですね？」

達也の対応は、にべも無い。

スピーカーから聞こえよがしのため息が流れ出た。

『……初めまして、ということにしてくだされば余計な遣り取りは省略できるのですけど』

「シャスタ山の近くで落ち合いたいのですが。何時頃でしたら来られますか？」

遥の抗議に取り合わず、達也は実務的な話を進める。

電話口から、今度は諦めのため息が聞こえた。

『実を申しますと、偶々シャスタ山の近くまで来ています。ですから、司波さんの方が時間が掛かると思いますよ』

最後の一線のつもりなのか、遥は「司波君」ではなく「司波さん」と呼んだ。

「では午後三時でどうでしょう」

『……バークレーから車ですと、五時間は掛かるはずですが』

「大丈夫ですよ」

『……そうですか』

遥はそれ以上念を押さなかった。彼女はエアカーの存在を知らなかったが、達也のことだから自分の知らない手段があるのだろうと疑問を呑み込んだのだった。

「場所は小野先生が指定してください」

そう言われて遥は、ある公園の名前を口にした。

『ホテルはどうしましょう。私の方でも手配できますが』

「いえ、その必要はありません」

『……かなり遅くなると思いますが？』

「大丈夫ですよ」

遥はそれ以上、常識的な心配はしなかった。

午後三時、待ち合わせに指定した公園に行くと、駐車場には既に達也が待っていた。車外に出て、ステーションワゴンタイプの自走車の運転席側にもたれ掛かって駐車場の入り口を見ている。だが遥はそれが達也だとは分からなかった。

彼が歩み寄ってきても、良く知らない人間が近付いてくるという警戒感しか覚えない。全く印象に残らないその男性の顔に、遥は見覚えが無かった。

「小野先生」

名前を呼ばれて遥は「えっ？」と声を漏らした。

「……もしかして司波さんですか」

「そうです」

その答えで遥はようやく、彼が達也であると認識した。

既にお分かりだと思うが、認識阻害魔法［アイドネウス］の効果だ。この魔法の効果は［パレード］のような変身ではない為、元々顔は変わっていない。術者が自分を認識させようと意識して行動すれば、相手は術者の変わっていない姿を識別する。

「早速行きましょう。先導してもらえますか」

「わ、分かりました」

まだ完全には平常心を取り戻していない遥は、噛み気味に頷いた。

◇◇◇

FAIRが盗掘した洞窟に最寄りの空き地へ、遥は達也を誘導した。

自走車を降りる遥。後続のエアカーからも達也と深雪が降りてくる。

「あの……もしかしてそちらの方は、深雪さんですか？」

遥の質問に達也は軽く肩を竦める。

遥は自分で口にしながら、信じられない気分だった。

深雪もまた正体不明の「その他大勢」に姿を変えている。それが何らかの魔法の効果だということは遥にも見当が付いていた。

だがあの深雪の輝きまで消してしまえるとは思ってもみなかった。信じられないというより考えられない。「あり得ない！」と叫びたい気分にすらなっていた。

しかし達也が質問に答えないということは、詮索しても無駄なのだろう。遥は心の中で「余計なことは考えるな」と何度も唱えて道案内を始めた。

「ここです」

遥が洞窟のある滝を達也に指し示す。辺りにはもう、ＦＡＩＲの姿は無かった。

「この裏ですか。分かりました」

達也がそう言った直後、遥は目の前からヴェールが取り除かれたような感覚に見舞われた。

同時に激しい衝撃を受けて、意識を消し飛ばされそうになった。

達也の隣に突然出現した人外の「美」。その瞬間は「美女」とすら認識できなかった。ただ

「美しい」という印象が圧倒的な暴力となって遥を打ちのめす。

彼女はふらつき、膝を突いた。下が岩場でなくて幸いだったと言える。もし岩や石の河原だったら膝を怪我、下手をしたら骨を傷めていたかもしれない。

突如、出会い頭にでも、目にしただけならこれ程のショックは受けなかっただろう。

印象が薄いどころか印象に全く残らない、顔は良く分からないが平凡だとしか思えなかった女性が突然天上の美を体現した美女に替わったのだ。そう、別人に「変わった」のではなく別人と「替わった」としか思えない激しい変化。そのギャップが遥の精神に耐え難いダメージを与えたのだった。

「大丈夫ですか？」

深雪が心配そうな表情で、足早に歩み寄る。その美貌は以前のものよりさらに完成されていたが、確かに遥が知る司波深雪だった。数秒間じっと凝視し、それから何度も瞬きして、遥はようやくまともな表情を取り戻した。

「え、ええ。大丈夫、です。ありがとう」

舌はまだ上手く回らないが、何とか御礼を言って深雪の手を借り立ち上がる。

遥が見せた醜態を特に責める風も無く、かと言って同情の色も見せずに見詰めていた達也は、遥が立ち上がったのを見て「深雪、行こう」と深雪に声を掛けた。

「小野先生は落ち着かれるまで待っていてください」

深雪が柔らかな笑みと共に、遥に告げる。

遥は「待て！」と命じられたとも気付かずに、深雪に見とれながら頷いた。


達也が持参したライトで中を照らす。狭い洞窟の壁には、散々掘り返した跡があった。

そのこと自体には、達也も深雪も驚きは無い。FAIRが何日にもわたって盗掘を行ったのは既に聞いていた。

達也が壁の一点に目を留める。十秒近くじっと見詰めた後、彼は大きく抉れた掘削跡の地肌に右手を置いた。

深雪が見守る中、達也の手が壁の中へゆっくりと沈んでいく。壁に沿って砂が流れ落ちていることからも分かるように、洞窟の壁を透過しているのではない。触れた右手で魔法の座標を指定し、土を分解しているのだ。

そのまま肘と肩の中間が埋まる深さまで掘り進め、達也はゆっくりと右手を引き抜いた。その手に掴んでいるのは石板ではない。小さな箱だ。石板に魔法探知の焦点を合わせていたローラとFAIRは、この小箱の存在に気付けなかったのだろう。

箱の大きさの分、掘った穴は広がっている。だが直径が最小に限定されているので洞窟を崩壊させる程の影響は無かった。

その小箱は石でできた奇妙な物だった。蓋の部分以外に接合箇所は見当たらない。大きな岩から直方体を切り出して、その内側を刳り貫いて箱に仕立てたような形状だった。

「これは、何でしょう……？」

箱の中には正八角形の石の板が入っていた。板と言っても厚みが最大幅の四分の一程もある。「平らな八角形の石」と表現する方が適切かもしれない。

「レリックの一種……だな」

じっと観察していた達也が箱の中から石を取り出して自分の掌に置く。

そして、掌から想子を流し込んだ。

正体も分からぬ遺物に、無謀とも思える大胆さだったが、達也はもちろん、深雪にも動揺は無い。彼女は達也を盲目的に信頼していた。

無論達也はリスクが無いことを見極めた上で、この場の実験に踏み切ったのだった。エレメンタル・サイトで構造情報を把握し、放射性元素など危険な物質が含まれていないことを確認した上で、いざという時は元素レベルに分解すれば良いと判断したのである。

八角形の石は特別に大きな反応は見せなかった。ただ達也の掌の上でほんの一センチ程ズレただけだ。

「……動いただけですね」

「そうだな」

何か気付いたのか、達也はその場で九十度程回転して同じことを繰り返した。

八角石は同じ方向にずれた。

達也の身体の向きに関わりなく、客観的に同じ方角へ。

達也は洞窟を出て、何度か身体の向きを変えながら実験を繰り返した。

八角石は毎回必ず、洞窟の中で行った実験と同じ方角へ動いた。

達也が八角石を、元々入れられていた石の小箱にしまう。

達也の実験を興味深そうに見ていた遥は何も言わなかった。

実験についても、達也が発掘物を持ち去ろうとしていることについても。

「小野先生、ご案内ありがとうございました」

空き地まで戻った達也は、夕暮れの空の下で遥に一礼した。

「これは些少ですが、案内料です」

そう言われて、この時初めて、報酬の取り決めをしていなかったことに遥は気付いた。

差し出された封筒の中には高額取引用のマネーカードが入っていた。

その金額を見て、遥は目を剝いた。

「改めて言うまでも無いと思いますが、そこには口止め料も入っています」

遥は絶句したまま、達也の言葉に頷く。

「では、これで」

達也が運転席に乗り込むのと同時に、深雪も助手席に座った。

二人を乗せたエアカーが、通常の自走車のように走り去る。

それを遥は呆然と見送った。

途中で車が闇に包まれて見えなくなったのは、気の所為だと思うことにした。

達也はエアカーを人里とは逆方向に走らせ、人の気配と機械の視線が完全に無くなった所でエアカーを宙に浮かせた。

「――この石は、一種のコンパスでしょうか」

沈黙を守っていた深雪が口を開く。小箱は運転中の達也に代わって深雪が持っていた。

「そう考えるのが妥当だろうな」

達也が前を向いたまま頷く。

「何処か特定の場所を指しているのは間違いないだろう。問題はそこに何があるのか、だ」

石が動いた方向は、東西南北のどれでもなかった。北北西。アラスカの何処かか、それを超えたシベリアか、さらにその先の中央アジアか。どの可能性もありそうだった。

「コンパスならば、それとセットになる地図があるはずだが……」

達也が独り言のように呟く。

彼は自分のセリフで、レナの言葉を思い出していた。

レナは「白い石板」を地図ではないかと言っていた……。

USNA西海岸、現地時間七月十九日未明。

まだ闇に包まれているサンフランシスコに光宣(みのる)は降り立った。何時(いつ)ものように人気(ひとけ)の無い郊外の、湖の畔(ほとり)ではない。街の中心からは外れているが、市街地に出現した。

彼は［パレード］で、影のような姿に変身していた。全身黒一色というわけではない。むしろ真っ黒な部分は少なく、全身が墨色と薄墨色の濃淡で染まっていた。ただ明暗が曖昧で、人相が全く分からない。身体(からだ)付きも、何となく輪郭が分かる程度だ。

手足の位置は分かる。頭の位置も分かる。

だが目も鼻も口も耳も区別が付かない。手の指さえも親指とそれ以外の指の判別しか付かない。

光宣(みのる)はそんな、不気味な亡霊のような姿でFAIR(フェア)の本部に侵入した。


三階建ての武骨なコンクリートの建物は、しっかり施錠(せじょう)されていた。だがシリンダー錠も電子錠も光宣(みのる)の障碍(しょうがい)にはならない。彼はいとも容易(たやす)く鍵を開けながら――壊す必要すら無かった――次々と奥に入っていく。

警備装置は［電子金蚕(でんしきんさん)］で全て無効化された。当直の警備係であろう魔法師も無抵抗に倒されていく。目を合わせるまでもなく、近付いただけで眠らされていた。殺すどころか怪我をさせる必要も無い力量差がそこにはあった。

光宣は一階から順に、一つ一つ部屋を確認して回った。途中で白い石板を見付けたので、想子を注入してから写真を撮った。白い石板は合計十五枚。光宣はそれを写真に収めただけで、その部屋に放置した。

光宣の目的は『導師の石板』の奪取。奪い取るのは黒い石板だけだ。

『導師の石板』は、三階の中央の部屋にあった。

FAIRの構成員は彼のターゲットに含まれていない。だから石板が置かれている部屋にいたリーダーのディーンですら、光宣の眼中には無かった。

彼が何故こんな夜明け前の時間に事務所にいるのか、光宣は少しだけ首を捻った。だがすぐに考えるのを止めた。ディーンの事情は、光宣にとってどうでも良いことだった。

『導師の石板』は、ディーンの背後の棚の中。

光宣は無造作に石板へと歩み寄る。

「何者だ!?　お前は何だ！」

音も無く滑るように近付く光宣の姿が、ディーンには死神か悪魔のように見えていた。

ディーンが魔法を放つ。

彼の切り札［ディオニュソス］ではない。

「ディオニュソス」は人間の集団に放つ魔法で、しかも間接的な攻撃力しか持たない。

この時彼が放った魔法は、霊的な生物にも効果があると言われている——ただし、霊的生物なるものが実在するかどうか、ディーンは知らない——精神攻撃の魔法だ。

だが光宣は、精神干渉系魔法を得意としていたスターズの恒星級隊員、しかもパラサイト化していたケヴィン・アンタレス少佐やエリヤ・サルガス中尉の魔法でさえも破った魔法抵抗力の持ち主だ。スターズのスカウト名簿にも載らなかったディーンの、切り札ですら無い魔法が光宣に通用するはずはなかった。

光宣はディーンの横を通って悠々と『導師の石板』を取り、悠々とその部屋を去った。

その影と化した後ろ姿を、ディーンは屈辱に震えながら見送った。

光宣はディーンを眠らせもしなかった。

本部襲撃の報に叩き起こされたローラは、慌ててディーンの許へ駆け付けた。

ディーンは椅子にではなく床に座り込み、据わった目付きで頭を抱えていた。

「閣下！　如何されましたか!?」

ディーンはのろのろと顔を上げ、老人のような動作で背後の棚を指差した。

「『導師の石板』が、奪われた……」

ディーンの声には、落胆と憤慨と憎悪が混じり合っていた。

ローラはディーンの目の前に駆け寄り、両膝を突いて目線の高さを合わせ、彼の両肩を励ますように揺すった。

「問題ありません、閣下（マイ・ロード）！　［バベル］は既に、私の中にあります。あの石板は謂（い）わば抜け殻。奪われたとて、実害はありません！」

「そうか。抜け殻か」

「はい、閣下（マイ・ロード）」

「実害は無いか」

「そのとおりです、閣下（マイ・ロード）」

「では、何も気にする必要は無いのだな？」

「仰（おっしゃ）るとおりです」

「そうか……そんなわけがあるか！」

いきなりディーンは、激しい声で怒鳴った。

突き飛ばされ、床に這（は）わされるローラ。

「閣下（マイ・ロード）……？」

立ち上がったディーンを、ローラは縋（すが）り付（つ）くような眼差（まなざ）しで見上げた。

「あの様な屈辱を与えられて、気にする必要は無いで済むか！　おのれ……決して許さぬ！必ず目に物見せてくれる！」

激しい怒りを燃やすディーンに、先刻の打ち拉がれた老人のような弱々しさは影も形も残っていない。

「ローラっ！」

「きゃっ！」

ディーンがローラの髪を乱暴に掴む。

「盗みに入った者の正体をお前の魔女術で突き止めろ！　良いな、必ずだ！」

「は、はいっ、閣下」

髪を掴んで振り回される痛みに喘ぎながら、ローラはディーンの八つ当たりに怒るのでもなく怯えるのでもなく、安堵を覚えていた。

七月十九日午前。ＦＡＩＲ本部に、サンフランシスコ市警の強制捜査が入った。

警察は念の為に魔法師治安部隊『ウィズガード』に応援を頼んで建物内に突入した。

事実、構成員の抵抗は激しかった。双方に犠牲者を出しながら、警察は生き残った構成員を全員逮捕した。

しかしリーダーのロッキー・ディーンとサブリーダーのローラ・シモンの姿は、最後まで見付からなかった。

同日の正午、達也と深雪はこの話をビール空軍基地で聞いた。離陸を待つ輸送機に、JJが態々自ら乗り込んできてディーンを逃がしてしまったことを伝えたのだ。

「サブリーダーのローラ・シモンは確保できたのですか？」

達也が気にしたのはディーンよりもむしろ、ローラの方だった。

「いえ、サブリーダーのシモンも逃がしたようですが……そちらの方が重要でしたか？」

JJが抜け目の無い目付きで探りを入れる。

「ローラ・シモンは『魔女』なのでしょう？　『導師の石板』を彼らが利用できたのは、そっち方面の知識によるのではないかと考えているのですよ」

達也は隠す必要を認めなかったので、自分の推測を正直に開陳した。

「なる程……。ローラ・シモンの身柄は特に厳しく追及するよう、警察には申し送りをしておきます」

「何か分かったら教えてください」

「ええ、もちろんです」

JJはそう言って、輸送機から降りた。

その後すぐ、達也と深雪とエアカーを乗せた輸送機は、西太平洋に向けて飛び立った。

西太平洋に浮かぶUSNA海軍大型空母『インディペンデンス』。

その飛行甲板に、西海岸のビール空軍基地を飛び立った小型輸送機が着艦したのは日本時間七月二十日十五時前後のことだった。

輸送機からエアカーに乗ったまま空母に降りた達也たちは、そのまま甲板を通り過ぎて海中に飛び込んだ。

当然空母のクルーは慌てたが、艦長はあの自走車とそれに乗っていた者の正体を知らされていたので、騒動はすぐに収まった。

海中を走って空母とその護衛艦隊から十分に離れた所で空中へ。

接続水域の手前から再び海中を潜航し、達也が運転するエアカーは二十日十七時過ぎ、巳焼島に到着した。

そして同日の夜、二十時。

達也たちが巳焼島で自宅として使っている四葉家のビル、最上階の部屋には、達也、深雪、リーナ、そして光宣と水波の姿があった。

「達也さん、どうぞ。これが『導師の石板』で間違いないと思います」

光宣はFAIRの本部に侵入した後、黒い石板の実物と白い石板の撮影データを持って『高千穂』に戻った。そして今、達也に呼ばれて水波と共に巳焼島に降りてきたのだった。

「ご苦労だった。詳しく調べてみなければ結論は出せないが、この石板で相違ないと思う」

「グルの石板って？」

唯一詳しい事情を知らないリーナが横から訊ねる。

リーナは達也に呼ばれたのではなかった。深雪が戻ってきたと聞いた彼女は兵庫にVTOLを操縦させて調布から飛んできたのである。

「魔法を記録して、それを魔法師に伝授する機能を持つ遺物だ」

「ああ、グルって『導師』の意味か……。って、そんなことが本当にできるの!?」

リーナが表情とジェスチャーで派手なリアクションを見せながら叫ぶ。ただその驚きようを、同席者は誰も大袈裟とは思わなかった。それ程『導師の石板』は非常識な代物だった。

「できるらしい。本当かどうかは、これから調べてみる」

「僕も協力しますよ」

光宣が目を輝かせて申し出る。

彼も本性は、学者気質だ。

「ああ。この石板のシステムは古式魔法に属する精神干渉系魔法を利用したもののようだからな。光宣が協力してくれれば心強い」

「ええ、是非。……それから、こちらが白い石板の映像データですが……」

「何か分かったのか」

言い淀む光宣の表情から、達也は光宣が何らかの手掛かりを摑んだことを察した。

光宣が水波と目を合わせる。

水波が光宣を力づけるように頷いた。

「何を馬鹿なことを、と思われるかもしれませんが……」

どうやら光宣が到達した結論は、余程とんでもないものらしい。

言い淀む光宣を、達也だけでなく深雪も視線で促した。

「写真の一部が文字になっているのがお分かりですか？」

光宣が一枚の写真データを選び、一部をディスプレイ上で拡大する。

そう言われて、達也と深雪とリーナが一斉にタブレット画面をのぞき込んだ。

「……確かに。梵字に似ているな」

「ええ。僕もそう思って高千穂のＡＩに解読させてみたんです。結果は梵字の古い字体で間違いありませんでした」

「内容は？」

「――『カイラス山麓マナサロワール湖を源とするシーター河の北岸にあり』です」

「……その記述はチベット仏教のカーラチャクラ・タントラに書かれている、シャンバラの位置と同じじゃないか？」

「……よくご存じですね。さすがは達也さん」

光宣は本気で驚いていた。

「僕は古式魔法を学ぶ過程でタントラを囓ったことがあったので気が付いたんですが、現代魔法師の達也さんがご存じとは思いませんでした……」

「俺はチベット仏教の概説書を読んだことがあるだけだ。タントラそのものを学んだことはない」

「いえ、それだけで思い出すのも凄いですよ」

光宣の言葉に女性陣全員が目を丸くして頷いている。深雪も、いつもの称賛の言葉が出てこないほど驚いているようだ。

「――僕は、白い石板がシャンバラへの地図ではないかと思っています」

光宣は口調を改めて、彼が推理した結論を述べた。

「……シャンバラって、単なる伝説じゃないの？」

リーナが驚きから脱し切れていない声で疑問を呈する。

「僕たちの間に伝えられているシャンバラは伝説かもしれません。でも、伝説の元になった古代の高度魔法文明国は存在したのではないでしょうか。レリックやアンティナイト、そしてこの『導師の石板』を作製した文明が」

「――合理的な解釈だ」

達也が重々しい口調で光宣に同意を示した。

「達也様、行きましょう！」

深雪が力強い声で達也に提案する。

「ミユキ、行くって……シャンバラに？」

「ええ。シャンバラを探しに」

呆れ声のリーナに、深雪は本気の口調で応じた。

「ただ問題になるのは……」

そこに光宣が、一転して弱気な声で口を挿んだ。

「白い石板の表面に浮かび上がっているのが地図だとしても、現代の書式とは全く違います。地図と現在位置を照合する手掛かりになる、コンパスのようなものがなければ大まかな位置を特定することさえ難しいのではないかと」

「コンパス」という言葉に、深雪が「達也様⁉」と声を上げた。

「深雪さん？」

「ミユキ？」

光宣とリーナが訝しげに問い返し、水波も怪訝な視線を深雪に向けた。

「実は帰国する前に、シャスタ山で手に入れてきた物がある」

答えは達也の口からもたらされた。

彼がテーブルに出した小箱に光宣、リーナ、水波の視線が集まる。

「この箱の成形には、分解魔法と同じ技術が使われている」

この一言を聞いて、深雪も改めて石の箱を見詰めた。

「そして、中に入っていた物がこれだ」

達也が蓋を開けて八角石を取り出した。

掌に載せて、全員に見せる。

全員の視線が集まったところで、達也は石に想子を注ぎ込んだ。

石が二センチ程、シャスタ山で実験した際よりも大きく動く。

西北西、中央アジアの方角に向かって。

「このレリックはコンパスではないかと、俺と深雪は考えている」

沈黙が室内を支配した。

沈黙自体は重苦しいものだったが、達也以外の四人の目は、期待に輝いていた。


〈続く〉

あとがき

『メイジアン・カンパニー』第四巻をお送りしました。お楽しみいただけましたでしょうか。

この巻の【1】から【5】までは第三巻で描写しなかった、第三巻と同じ時期の出来事です。そして【6】以降が第三巻の続きになります。

ようやく、と申しますか、このシリーズも新しい展開にたどり着きました。第三巻までは旧シリーズの続編という性質が強い内容でしたが、ここから新しい冒険譚に発展していきます。

ここまでお読みくださった方にはお分かりだと思いますが、次巻以降はシャンバラ探索が本シリーズの大きな柱になります。

もっとも、シャンバラ伝説をただ忠実になぞることはしません。「北極楽園説」なども絡めた、独自解釈とも呼べない、シャンバラ伝説を題材としたほぼ完全なフィクションの「シャンバラ探索」になります。ですので、超古代史オカルト小説としては物足りないものになると思いますがご容赦ください。

本当は菊地秀行先生の『トレジャー・ハンター八頭大』シリーズのような本格的な物が書ければ良いのですが、残念ながら私の手には余ります。

また、この巻から『メイジアン・カンパニー』の主要キャラクターである（ヒロインではありません）レナ・フェールが本格的な活躍を始めました。

ローラ・シモンも、今回片鱗（へんりん）を見せた「魔女」の本領をこれから発揮していきます。

女性新キャラクター二人に対して今回は情けない姿しか見せられなかったロッキー・ディーンも、次巻以降で「悪の組織の首領」に相応（ふさわ）しい振る舞いを見せてくれるでしょう。

こちらは是非、ご期待ください。

作中のシャンバラの位置は、田中公明（たなかきみあき）著『超密教時輪（じりん）タントラ』（東方出版、敬称略）を参考にしています。ご興味が湧いた方はご一読なさっては如何（いかが）でしょうか。

私には少し難しかったのですが、真面目な学術書としても創作の題材としても面白いと思いますよ。

それでは、今回はこの辺りで失礼します。

次の刊行は『キグナスの乙女たち』第四巻になると思います。こちらもよろしくお願い致します。

（佐島（さとう）　勤（つとむ））

◉佐島　勤著作リスト

「魔法科高校の劣等生①～㉜」（電撃文庫）
「魔法科高校の劣等生SS」（同）
「続・魔法科高校の劣等生　メイジアン・カンパニー①～④」（同）
「新・魔法科高校の劣等生　キグナスの乙女たち①～③」（同）
「魔法科高校の劣等生　司波達也暗殺計画①～③」（同）
「ドウルマスターズ1～5」（同）
「魔人執行官（デモーニック・マーシャル）　インスタント・ウィッチ」（同）
「魔人執行官（デモーニック・マーシャル）2　リベル・エンジェル」（同）
「魔人執行官（デモーニック・マーシャル）3　スピリチュアル・エッセンス」（同）

本書に対するご意見、ご感想をお寄せください。

ファンレターあて先
〒102-8177　東京都千代田区富士見2-13-3
電撃文庫編集部
「佐島 勤先生」係
「石田可奈先生」係

本書は書き下ろしです。

電撃文庫

続・魔法科高校の劣等生
メイジアン・カンパニー④

佐島 勤

2022年5月10日　初版発行

発行者　青柳昌行
発行　株式会社KADOKAWA
〒102-8177　東京都千代田区富士見2-13-3
0570-002-301（ナビダイヤル）
装丁者　荻窪裕司（META＋MANIERA）
印刷　株式会社暁印刷
製本　株式会社暁印刷

●お問い合わせ
https://www.kadokawa.co.jp/（「お問い合わせ」へお進みください）
※内容によっては、お答えできない場合があります。
※サポートは日本国内のみとさせていただきます。
※ Japanese text only

※定価はカバーに表示してあります。

ISBN978-4-04-914339-3　C0193　Printed in Japan

電撃文庫　https://dengekibunko.jp/

電撃文庫創刊に際して

文庫は、我が国にとどまらず、世界の書籍の流れのなかで〝小さな巨人〟としての地位を築いてきた。古今東西の名著を、廉価で手に入りやすい形で提供してきたからこそ、人は文庫を自分の師として、また青春の想い出として、語りついできたのである。

その源を、文化的にはドイツのレクラム文庫に求めるにせよ、規模の上でイギリスのペンギンブックスに求めるにせよ、いま文庫は知識人の層の多様化に従って、ますますその意義を大きくしていると言ってよい。

文庫出版の意味するものは、激動の現代のみならず将来にわたって、大きくなることはあっても、小さくなることはないだろう。

「電撃文庫」は、そのように多様化した対象に応え、歴史に耐えうる作品を収録するのはもちろん、新しい世紀を迎えるにあたって、既成の枠をこえる新鮮で強烈なアイ・オープナーたりたい。

その特異さ故に、この存在は、かつて文庫がはじめて出版世界に登場したときと、同じ戸惑いを読書人に与えるかもしれない。

しかし、〈Changing Times,Changing Publishing〉時代は変わって、出版も変わる。時を重ねるなかで、精神の糧として、心の一隅を占めるものとして、次なる文化の担い手の若者たちに確かな評価を得られると信じて、ここに「電撃文庫」を出版する。

1993年6月10日
角川歴彦

電撃文庫DIGEST　5月の新刊

発売日2022年5月10日

続・魔法科高校の劣等生 **メイジアン・カンパニー④** 【著】佐島 勤　【イラスト】石田可奈	達也はFEHRと提携のため、真由美を派遣する。代表レナ・フェールとの交渉は順調だが、提携阻止を目論む勢力が真由美たちの背後に忍び寄る。さらにはFAIRもレリックを求めて怪しい動きをしており――。
豚のレバーは加熱しろ（6回目） 【著】逆井卓馬　【イラスト】遠坂あさぎ	メステリア復興のため奮闘を続ける新王シュラヴィス。だが王朝を挑発するような連続惨殺事件が勃発し、豚とジェスはその調査にあたることに。犯人を追うなかで、彼らが向き合う真実とは……。
わたし、二番目の彼女でいいから。3 【著】西 条陽　【イラスト】Re岳	橘さんと早坂さんが俺を共有する。「一番目」になれない方が傷つく以上、それは優しい関係だ。歪で、刺激的で、甘美な延命措置。そんな関係はやがて軋みを上げ始め……俺たちはどんどん深みに堕ちていく。
天使は炭酸しか飲まない2 【著】丸深まろやか　【イラスト】Nagu	優れた容姿とカリスマ性を兼ね備えた美少女、御影冴華。彼女に恋する男子から相談を受けていた久世高の天使に、あろうことか御影本人からも恋愛相談が……。さらに、御影にはなにか事情があるようで――。
私の初恋相手がキスしてた2 【著】入間人間　【イラスト】フライ	水池さん。突然部屋に転がり込んできて、無口なやつで……そして恐らくは私の初恋相手。彼女は怪しい女にお金で買われていた。チキと名乗るその女は告げる。「じゃあ三人でホテル行く？　女子会しましょう」
今日も生きててえらい!2 ～甘々完璧美少女と過ごす3LDK同棲生活～ 【著】岸本和葉　【イラスト】阿月 唯	俺と東条冬季の関係を知って以来、やたらと冬季に突っかかってくるようになった後輩・八雲世良。どうも東条冬季という人間が俺の彼女として相応しいかどうか見極めるそうで……!?
サキュバスとニート② ～くえないふたり～ 【著】有象利路　【イラスト】猫屋敷ぷしお	騒がしいニート生活に新たなる闖入者！　召喚陣から飛び出してきた妖怪《飛縁魔》の乃艶。行き場のない乃艶に居候してもらおうと提案する和友だったが、縄張り意識の強いイン子が素直に承服するはずもなく……？
新作 **ひとつ屋根の下で暮らす完璧清楚委員長の秘密を知っているのは俺だけでいい。** 【著】西塔 鼎　【イラスト】さとうぽて	黒河スヴェトラーナは品行方正、成績優秀なスーパー委員長である。そして数年ぶりに再会した俺の幼馴染でもある。だが、黒河には"ある"秘密があって――。ビビりな幼なじみとの同居ラブコメ！
新作 **学園の聖女が俺の隣で黒魔術をしています** 【著】和泉弐式　【イラスト】はなこ	「呪っちゃうぞ！」。そう言って微笑みながら近づいてきた冥先輩にたぶらかされたことから、ぼっちだった俺の青春は、信じられないほども楽しい日々へと変貌する。しかし順調に見えた高校生活に思わぬ落とし穴が――
新作 **妹はカノジョにできないのに** 【著】鏡 遊　【イラスト】三九呂	春太と雪季は仲良し兄妹。二人でゲームを遊び、休日はデートして、時にはお風呂も一緒に入る。距離感が近すぎ？　いや、兄にとってはいつまでもただの妹だ。だがある日、二人は本当の兄妹じゃないと知らされて!?